光文社文庫

長編時代小説

流離

吉原裏同心(1)
決定版

佐伯泰英

JN031942

光 文 社

目次

流　離——吉原裏同心（1）

序章

暗黒の闇の河原に怪鳥《けちょう》の鳴き声が響いた。それは人間の肚《はら》から絞り出される気合いであった。

きえっ！

男は赤樫《あかがし》三尺三寸六分（約一メートル二センチ）の木刀《ぼっと》を握って河原を前後左右に走り回り、立てた流木《りゅうぼく》を叩き潰《つぶ》すように殴りつけた。

男には迷いがあった。

（母者《ははじゃ》をどうする）

（飛べ、おのれの考えるままに生きよ）

迷いが男の足を止めた。

暁闇《あかつきやみ》がゆるゆるとやってきた。

くそっ！

男は手造りの木刀を頭上に高く翳《かざ》すと走り出し、虚空《こくう》へ飛んだ。

木刀が一番大きな流木の頂《いただき》を殴りつけた。一日に何千回も殴られて、ついに音もなく二つに割れた立ち木の傍《かたわ》らに下りた若者は、

「やる、やっちゃる！」

と叫んでいた。

闇の河原に響いていた声が、その朝を最後に消えた。

第一章　流浪

一

十代将軍徳川家治《とくがわいえはる》が日光東照宮《にっこうとうしょうぐう》に参宮《さんぐう》をなした安永《あんえい》五年（一七七六）の夏、豊後岡《ぶんごおか》藩七万三千石《ごく》中川修理大夫《なかがわしゅりのだいぶ》の城下町でひとつの事件が発生した。納戸頭《なんどがしら》を務める二百七十石藤村壮五郎《ふじむらそうごろう》の女房汀女《ていじょ》と馬廻《うままわ》り役《やく》十三石の神守幹次郎《かみもりみきじろう》は示し合って逐電《ちくでん》した。

その事実を知った壮五郎は、家士《かし》に旅仕度を命じると城中に上がった。汀女と幹次郎を追尾《ついび》、妻仇討《めがたきうち》を願い出るためである。

「藤村、そちの女房はいくつに相《あい》なる」

家老《かろう》水城淳成《みずきあつなり》が老《お》いた顔に好奇心を漂わせて訊《き》いた。

「二十一にございます」

「ほほう、若いな」

ご家老、と口をはさんだのは同席した番頭《ばんがしら》の佐々木助左ヱ門《ささきすけざえもん》だ。

「藤村は歳《とし》がいってから嫁をもらいましたゆえ、女房とはだいぶ離れております。十六違いであったかな」

視線を言葉の途中、家老から壮五郎に移した。

沢蟹《さわがに》のようにえらがはり、額《ひたい》が抜け上がった壮五郎は憮然《ぶぜん》とした表情で呟《つぶや》いた。

「十八違いにございます」

壮五郎、三十九歳にしても老顔《ろうがん》、十は余計に歳取って見えた。それとは反対に体は頑丈そうで、しっかりと張った足腰は日頃の鍛錬《たんれん》を思い起こさせた。

「ほほう、十八も……おぬしの女房は、なにかその、変わり者か」

家老は若い女を嫁にしたという納戸頭をうらやましげに見て訊いた。

「ご家老、女房は微禄《びろく》の家に生まれましたが、評判の才色兼備《さいしょくけんび》の女にございます」

「美形とな」

「壮五郎の家は、内証《ないしょう》が裕福。代々困窮した藩士に金子《きんす》を貸し与えておりますれば、おそらくはそのへんの関わりかと」

「なに、借財のかたに若い女を女房にと強制した」

「ご家老、決してそのようなことは……」

壮五郎が弱々しく抗議した。

「おぬしの家が金貸しをやっていることはだれもが知っておるわ」

水城はあっさりと一蹴《いっしゅう》した。

壮五郎は、たしかに汀女の実家に十五両の金子は貸した。が、十八の汀女を金のかたにとったわけではなかったと口の中で抗議した。

しかし、国家老も番頭も藤村家が金貸しである一事《いちじ》から若い女を嫁にしたと納得していた。実の父親から、娘を嫁に出す代わりに借金の棒引きをと打診してきたのは事実だ。

「藤村、若い美形の女房などもらうとなにかと揉《も》めごとが生じる因《もと》じゃ。おぬしの女房を寝取ったという馬廻りとはどこで知り合ったのじゃ」

「それが幼少のころからの知り合いでしてな。汀女が藤村のところに嫁に入ったあと、俳諧《はいかい》の集まりで再会した様子にございます」

目付頭《めつけがしら》の肥後市蔵《ひごいちぞう》が探索した事実を披露した。

「いくつか、その男」

「父親の死後、跡目《あとめ》を継いだばかり、神守幹次郎と申す十八の若造にございます」

「なにっ、こちらは二十《はたち》前か」

水城は目を剝《む》いて、神守の名を思い出した。微禄ながら藩家創立のときから付き従い、その昔は岡家の鎮守《ちんじゅ》の社守《やしろもり》をしていたとか、そんなことをだ。

「おぬしの女房も馬廻りも俳諧をなすか」

「どうやら女房が集まりに出ているのを知って神守幹次郎が入門したような次第で」

「若造が俳諧をなすなど身の程《ほど》知らずが」

国家老は数年前の江戸勤番《きんばん》の折りにあつらえた入れ歯をもぐもぐと口の中で遊ばせ、

「およその事情は分かった……」

と言った。

「藤村はご領地内にて姦夫姦婦《かんぷかんぷ》を捕《つか》まえたい所存ですが、ふたりが行方《ゆきがた》を絶ってすでに二日が過ぎております」

「他領に越えていような。神守幹次郎は剣術の腕はどうじゃ」

「それが貧しい暮らしゆえ、道場などには通った様子もないとか。大したことはあるまいと……」

目付頭は家老から当の藤村に視線を移した。

「藤村は上町通《うわまちどお》りの植村《うえむら》道場で目録《もくろく》を得ておりますし、日頃の稽古も怠《おこた》っておりませぬ。まずは尋常の立ち合いになりましても分《ぶ》がよいかと思います」

「本来、妻仇討は武士の本意ではない。しかし見逃せば藤村、そなたの面目《めんもく》は立ちゆかん。よし、不義密通《ふぎみっつう》者の捕縛《ほばく》を差し許す。殿が江戸在府《ざいふ》されておる折りじゃ、他国で面倒を起こすでない。なんとしてもわが藩内に連れ戻した上で処断せよ。いいな、藤村」

妻仇討は仇討《あだうち》ではない。徳川の法度《はっと》では私的な復讐と規定した上で、姦夫姦婦を成敗する権利を夫に与えていた。

藤村壮五郎は、屋敷に退《さが》るや待っていた家士たちをふたつの組に分け、一組を鶴崎《つるさき》へ、もう一組を日田《ひた》へと向かわせた。

壮五郎自身は、日田往還《おうかん》の組を指揮することにした。

白い陽光が街道を照らしつけて、夏木立が路面に濃い緑陰《りょくいん》を作っていた。夏薊《なつあざみ》が路傍《ろぼう》で微風《そよかぜ》に揺れているのが汀女の目を引いた。

竹田《たけた》からおよそ二十里（約七十九キロ）離れ、熊本《くまもと》藩、天領《てんりょう》と他国を通過してきたことが男女の緊張を和らげていた。

幹次郎は慣れぬ草鞋《わらじ》の紐に足を引き摺《ず》り出した汀女を気遣い、山国の街道の傍《そば》に立つ地蔵堂の裏手で肉刺《まめ》の治療をした。

「迷惑をかけまする、幹次郎どの」

「姉様《あねさま》は昔は、幹と呼ばれましたぞ」

「それはまだ私どもが幼い折りのこと。いまは幹次郎どのは神守家の跡取り」

「それもきっぱり捨てました」

汀女が顔を歪《ゆが》めた。

「痛みますか」

幹次郎は小柄《こづか》の切っ先で肉刺を切り裂き、血を抜いたところに塗り薬を塗って手拭いで縛った。

「足手まといになり、初めから幹次郎どのに迷惑をかけまする」

「それは言わぬ約束」

迷いに迷った神守幹次郎が谷口庸柴《たにぐちようさい》の主宰《しゅさい》する俳諧の集まりに初めて顔を出したとき、汀女は驚きの目で見返し、

「幹次郎どのではありませぬか」

と声をかけた。

幹次郎は、落ち着きの中にも人妻の色気をほんのりと漂わせる汀女を眩《まぶ》しそうに見ると、

「姉様……」

と呟いた。

「汀女どのは神守様とお知り合いか」

宗匠《そうしょう》の庸柴が奇遇《きぐう》を果たした女弟子に顔を向けた。

「はい、幹次郎どのとは、いえ、神守様とは同じ長屋で暮らしておりましたゆえに、身内同様の付き合いをしてまいりました」

「そうか、それならば好都合。汀女どのに神守様の手解《てほど》きをな、頼もうか」

「宗匠様、手解きなどできませぬ」

汀女は慌てて断った。庸柴は汀女の断りを無視して、

「神守様」

と幹次郎に声をかけた。

「汀女どのはな、わが門弟のなかでも出色《しゆつしよく》の弟子です。今少し言葉が練《ね》れると面白き俳人になりましょう。ともかく熱心な上に表現が自在で丁寧じゃ。初めての者が手解きを受けるにはうってつけ」

庸柴はわけがありそうな入門者を汀女に押しつけた。

幹次郎は、庸柴にとも汀女にともつかず頭を下げた。

その帰路、汀女と幹次郎は肩を並べて庸柴の空蟬庵《うつせみあん》を出た。

庵は城下をはさんでお城と真向かいの妙見寺《みようけんじ》近くにあった。

城下に戻るためには、稲葉川《いなばがわ》にかかる竹田橋《たけたばし》を渡らねばならない。

「まさか幹次郎どのが俳諧に関心があるとは、思いもしませなんだ」

幹次郎は恨《うら》めしげに汀女を見た。

「俳諧などどうでもよい」

「……どういう意味です」

汀女は姉のように幹次郎を見た。

「姉様が谷口様のもとにお通いと聞いたので入門したまで」

「なぜそのようなことを口にされます」

幹次郎は口を噤《つぐ》んだ。

「幹次郎どの」

「なぜ藤村に嫁に行かれた」

幹次郎は汀女の問いを阻《はば》むと詰問《きつもん》した。

橋の中ほどに立ち止まったふたりを城下の呉服屋《ごふくや》の手代《てだい》が興味深げに見て通った。

「なぜと言われても、困りましたな」

汀女はそう答えると歩き出した。

「あんな男のどこがよい」

汀女は再び足を止めると幹次郎を驚きの目で見た。

「幹どのは、幹どのは……」

と言った汀女は、

「そなたの家も軽輩《けいはい》、家の苦しみはお分かりのはず」

汀女の父野村継彦《のむらつぐひこ》は酒好きが高《こう》じて病に倒れた。それでも酒がやめられず、藤村に借金を重ねて申し込んだ。藤村の催促が厳しくなったとき、汀女を嫁に出して借金の棒引きを図《はか》ったのは継彦だった。

藤村は汀女をもらい受けた後、したたかにも継彦に三両の金を渡し、新たな証文を取っていた。汀女を足止めするためだ。

弟に話すように汀女は言い聞かせた。

幹次郎はしばらく汀女の困惑を漂わせた白い顔を見ていたが、

「姉様は人身御供《ひとみごくう》になられたか」

と叫び残すと橋を駆け出していった。


汀女は次の集まりにはもはや幹次郎は顔を見せまいと思っていた。

だが、幹次郎は緊張に身を固くしてやってきた。

汀女はいつもは短く感じる集まりがなんとも長く感じられた。句のまとまりがつかず、ひどく出来が悪かった。

その帰り道、幹次郎は強引に汀女に迫った。

「姉様、おれと竹田を出てくれ」

「なんということを」

驚愕《きようがく》に足を止めた汀女は、

「幹どの、よく聞きなされ。幹どのは神守家の跡取りでございますぞ。滅多《めった》なことを申されますな」

と昔の姉に戻って説教を試みた。

幹次郎は神守の次男であった。兄は生まれたばかりで亡くなっていた。幹次郎の下に妹と弟が四人いた。

「十三石がどのような暮らしか、姉様がご存じじゃ」

「それに私はすでに藤村の家のもの」

「金で買われたのではないか。もはやこの三年で十分であろう」

「そのようなことを二度と申されるな。お付き合いはもはやできませぬ」

幹次郎をその場に残した汀女は足速に城下へと入っていった。

その夜、城から戻ってきた藤村はいきなり汀女の頭髪を摑《つか》むと押し倒し、

「売女《ばいた》めが！　城下の商人どもがなんと噂しておるか知っておるか。藤村の女房は若い男と乳くり合うために俳諧の集まりに出ておるとおもしろおかしゅう喋《しやべ》っておるわ。もはや集まりになど行かせぬ。そなたは金で買われた身ということを忘れるではない」

と散々に殴り、髪を持って引きずり回した。

奉公人の前での乱暴は汀女の自尊心をずたずたに切り裂いた。

藤村は汀女を屋敷内に狼藉《ろうぜき》監禁《かんきん》同様に押し込め、外出も許さなくなった。

そんな日々、汀女は句を作ることだけを心の支えに過ごした。

藤村は汀女の部屋を嫉妬《しっと》深く嗅ぎ回ると、俳諧を書き留めてある帳面をびりびりと破り、使用人に命じて竈《かまど》で燃やさせた。

納戸頭の藤村は半年に一度、城中に泊まり込みで備品改めを行う。

その夜、汀女は人の気配に目を覚ました。

「だれです」

「……姉様」

「なんと……」

幹次郎の声が障子越しに低く響いた。

「逃げてくだされ。家を出てきた。もはや後戻りはできぬ」

幹次郎が泣くように言った。

寝着《ねまき》の襟《えり》に片手をかけ、長いこと沈黙していた汀女はゆっくりとその言葉を吐き出した。

「幹次郎どの、今よりも辛《つら》いことになるやもしれませぬぞ」

「姉様といっしょならなにほどのことがあろうか」

汀女はその言葉で決心した。

「幹次郎どの、竹田橋で後刻《ごこく》会いましょうぞ」

「確かか、姉様」

「後戻りができぬと申されたのは幹次郎どの」

幹次郎の気配が消えると汀女は文机《ふづくえ》に向かった。

亭主の藤村壮五郎に宛てた詫《わ》び状を残し、蓄《たくわ》えておいた二両を持ち出した。

ふたりにとって幸運だったのは、汀女に同情を寄せていた奉公人たちが実家に戻るという言葉を信用して、城中の藤村に知らせなかったことと、藤村の泊まり込みの仕事が二夜になったことだ。

その間に幹次郎と汀女は日田領内を抜けていた。

運がよかったのはそこまでだった。

肉刺の治療を終えた幹次郎と汀女が街道の傍らから立ち上がったとき、叫び声が上がった。

「汀女！　うぬは恩知らずにも亭主を足蹴《あしげ》にしおって」

幹次郎が振り向くと、坂下の道を藤村壮五郎と数人の家子《いえのこ》郎党《ろうとう》が刀の柄《つか》に手をかけて走り寄ってきた。

「幹次郎どの、もはやこれまで」

汀女が懐剣《かいけん》に手をかけた。

「早まるな、姉様」

幹次郎は汀女を背に回すとゆったりと立ち、待ち受けた。

二

「馬廻り十三石の姦夫とはおまえか」

抜け上がった額に大粒の汗をかき、荒い息を吐《つ》いて藤村壮五郎が叫んだ。両眼は嫉妬に狂って赤く燃え上がっていた。

幹次郎は、藤村の従者の中に知った顔を見つけていた。

上町通りにある以心流《いしんりゅう》植村権兵衛《ごんべえ》道場で抜け目のない剣風から蛇貫《へびかん》と異名をとり、一目置かれている肥後貫平《かんぺい》だ。父親は槍《やり》奉行三百石の要職にある。

幹次郎は城下で評判の腕前を植村道場の格子窓《こうしまど》越しにのぞいたことがあった。

蛇貫の竹刀《しない》さばきは、相手をする年上の剣士を翻弄《ほんろう》して容赦なく、自信に満ちて狡猾《こうかつ》であった。

(隙《すき》がない……)

それが肥後貫平を見た感想だった。

「藤村どの、この女が評判の妻女ですかな」

二十二歳の貫平は幹次郎など一顧《いっこ》だにせず、汀女をじろじろと見た。

「あんたが叔父貴《おじき》に泣きついたのも分かる分かる、馬糞臭《ばふんくさ》い男に寝盗《ねと》られるのは癪《しやく》であろうな」

幹次郎は貫平の叔父が目付頭の肥後市蔵かと、その時気づいた。

「汀女、そなたのことは後回しじゃ」

藤村は幹次郎を睨《にら》みつけると、

「下郎《げろう》、もはや逃げられんところ、素直にご城下に同道せよ」

と吐き捨てた。

幹次郎は藤村の血走った眼を見たとき、胸のうちの騒《ざわ》めきが静まり、優越感に浸《ひた》る自分を意識した。

「藤村様、追尾のことは最初から考えて参りました」

「竹田に戻るてか」

「いえ」

幹次郎は顔を振った。

両足の幅を広げ、半身《はんみ》に構えた。

「なにをする気じゃ」

藤村が間の抜けた問いを発し、蛇貫が初めて幹次郎に好奇の視線を向けた。

「竹田へ戻れとおっしゃるなら、それがし、抗《あらが》います」

「なんと、盗人猛々《ぬすっとたけだけ》しいとはおまえのこと……」

藤村が絶句した。

潔《いさぎよ》いな、と蛇貫が幹次郎を茶化すと藤村に言った。

「後見《こうけん》致す。藤村どの、存分にお立ち合いなされ」

藤村が蛇貫の顔をちらちらと見ると、連れてきた縁者や小者《こもの》たちに合図した。

従者たちは仕方なく主人に倣《なら》って刀を抜いた。

幹次郎は藤村ら四名に囲まれて、ただ立っていた。

「小僧、剣は修行したか」

蛇貫が揶揄《やゆ》するように訊いた。

「自己流ですが少々……」

幹次郎の家には道場通いをする余裕などなかった。だが、幹次郎は武士の表芸が剣槍《けんそう》であることを幼いころから父に叩き込まれてきた。

真に剣術の奥深さと恐ろしさを知ったのは十歳のときだ。

玉来川《たまらいがわ》の河原で薩摩《さつま》から来たという老武芸者に出会った。

武芸者は河原に立てた流木の間を奇声を発しながら、流木に鋭い打撃を与えて回った。ひと息吐いた武芸者は幹次郎を見て、聞き取りにくい薩摩訛《なま》りでなにごとか言った。

何度か訊き返してどうやら要を得た。

「坊主、斬り合いのこつは先に打撃を与えることじゃ。それには太刀《たち》さばきが迅《じん》速《そく》でなくてはならん。不格好でもよい、早ければ勝つ」

再び斬撃《ざんげき》を見せてくれた。それが薩摩藩の御家流である示現流《じげんりゅう》の打ち込み稽古と知ったのはずっと後年のことだ。

「教えてくだされ」

「わっぱ、剣を習いたいか」

老武芸者は薩摩の東郷重位《とうごうしげかた》によって創始された示現流の基本を手解きしてくれ

た。

示現流の基本は立ち木打ちだ。九尺（約二メートル七十センチ）の高さの椎《しい》または栗の堅木《かたぎ》を地中に埋めて立て、総長三尺三寸六分の手造り木刀でひたすら打ち回る稽古だ。

幹次郎は老武芸者が河原に滞在した半年余の間、夜明け前に稽古に通った。

老武芸者は、

「おはんの体には三尺三寸六分の木刀は重ごわす」

二尺三寸（約七十センチ）の木の棒から始めさせた。

最初、立ち木を一撃すると手が痺《しび》れて利《き》かなくなった。それが幹次郎に剣の奥深さを教えた。

幹次郎の剣さばきがようやく薩摩流剣技のかたちを取り始めたころ、老人は三尺三寸六分の使い込んだ木刀を残して、飄然《ひょうぜん》と姿を消した。

幹次郎はその朝から薩摩の木刀に代えた。

小さな体の両手に長い木刀を持って流木の間を走り回り、ひたすら叩いて回った。

来る日も来る日も稽古を続けるうちに、常寸《じょうすん》の木刀を千回振り回して叩くことができるようになった。そして立ち木のどこを叩けば、打撃を与えることができるかおぼろに分かってきた。それから八年余、それだけが幹次郎の剣修行だ。

「生意気な……」

藤村が正眼《せいがん》から肩に剣を担《かつ》いだ。

「ほれ、藤村どの、相手の小《こ》わっぱはまだ剣を抜いてもおらん。先にな、仕掛けられよ」

蛇貫が茶化した。

日田往還をやってきた道中の者たちが恐ろしげに遠巻きに囲んで見つめていた。

「参る、参るぞ」

「うむっ」

藤村の気合いに幹次郎の腰が沈んだ。

何代も前の先祖が戦場《いくさば》で奪ってきたと伝わる無銘の剣の柄に手がかかった。

身幅広く、先反りの二尺七寸（約八十二センチ）の長剣が鞘走《さやばし》った。

きえっ！

幹次郎の口から猛禽《もうきん》の叫びが漏れ、藤村壮五郎の出鼻をくじいて突進した。

豪刀が振り上げられ、振り下ろされた。

その瞬間、藤村の左腕が切断されて、白日《はくじつ》の光に血を振り撒《ま》いて飛んだ。

「ぎゃっ！」

刀を構えた従者たちは呆然《ぼうぜん》と立ち竦《すく》んでいた。

「ひえっ……」

藤村が切り落とされた腕を右手で抱え込んで地べたを転がり回りながら、泣いた。

「おのれ！」

蛇貫が飛び下がって刀を抜いた。

「薩摩示現流か」

「見よう見まねの独創の剣……」

貫平と幹次郎は四間（約七・三メートル）の距離で対峙《たいじ》した。

蛇貫はわずかに剣先を下段《げだん》に取った。

斬り合いに誘い込まれれば幹次郎の負けだ。

幹次郎は右の肩に担ぐように豪刀を立て、峰《みね》を返した。

「おのれ、下郎の分際《ぶんざい》で」

すでに平静さを失っていた蛇貫は、峰に返された刀に憤激《ふんげき》した。下段を脇構えに移行させると一気に走り出した。

幹次郎も走った。

両者が間合に入り、蛇貫の剣が鋭く幹次郎の脇腹を襲ってきた。

それには構わず幹次郎は天を突くように構えた豪刀を振り下ろした。

汀女は目を瞑《つぶ》った。

貫平の剣が伸び切った幹次郎の横腹を薙《な》いだ、と見物人のだれもが思ったとき、幹次郎の、峰に返された刀が貫平の肩を音を立てて砕《くだ》いた。

鎌首《かまくび》を持ち上げた蛇を稲妻が襲って一閃《いっせん》した。

くたっと、蛇貫が路上に崩れ落ちた。

そのときにはすでに、汀女の手を引いた幹次郎は耶馬渓《やばけい》へ向かって峠道を駆け下っていた。


ふたりは追跡者の幻影に脅《おびや》かされながら、山野に泊まりを重ねて中津《なかつ》に出た。

さらに豊前《ぶぜん》小倉《こくら》から長門《ながと》の赤間関《あかまがせき》に渡り、萩《はぎ》を経由して山陰道《さんいんどう》に出た。

晩夏の日本海を見た時、棄郷《ききょう》の身を実感した。

天を突く波が小さな内海を呑み込むように押し寄せてくる。

鈍色《にびいろ》の空に光が走り、波間の一角を照らす。すると生き物のような波がくねくねと幹次郎と汀女を目がけて襲いかかってきた。

海鳴りが海岸に長く影を引くふたりの逃亡者を包み込み、不安と寂しさを募《つの》らせる。

「もはや句は詠《よ》みませぬ」

と汀女がふいに言った。

「なぜじゃ、姉様」

「詠まずとも幹どのが傍らにおるでな」

句作は悲しみを紛《まぎ》らわすためのものであったのか。

「それはいかん。詠んでな、心の慰めとしてくれ」

「幹どの、句は作ります。ですが、人様の目には晒《さら》さぬと竹田を出るときに誓いました」

「詠まれますか」

幹次郎はほっとしたように言った。

「それがしは駄目じゃ、まとまりがつかぬ」

「私が教えまする。詠んでごらんなされ」

「できるかな」

「できますとも」

その日、海辺の旅籠《はたご》に泊まった。

久しぶりに風呂に入り、温かいものを食したふたりは、ひと月の逃亡の疲れを癒《いや》すように、並べて敷いた布団で眠りに落ちた。

どれほど眠ったか。幹次郎の口と鼻を黒く大きな塊《かたまり》が押さえ込んでいる。踠《もが》いて撥《は》ねのけようとした。だが、踠いても踠いてもそれはじんわりと押し包んで、幹次郎の動きを奪う。

波だ。

天を突く黒い波が幹次郎を包み込んで、海底に引き摺り込もうとしていた。渦巻く波の向こうで藤村壮五郎が笑っている。

「姉様……」

胸が圧迫されてもはや息もできない。

「幹どの、幹どの……」

汗まみれになった幹次郎は汀女に揺り起こされた。

「うなされておられたが」

「夢を見た。海底に引き摺りこまれる夢じゃ」

「幹どの、その夢とわれらは一生付き合うことになりましょう」

「姉様も……」

「……見まする。片腕の壮五郎どのがどこまでもどこまでも追っかけてこられる」

「どうすればいい」

「どうにもできませぬ、竹田を棄《す》てたときからの定めじゃ」

汀女は幹次郎の手を取り、自分の顔を寄せた。

有明行灯《ありあけあんどん》のほのかな明かりが汀女の白い顔を照らす。

「姉様」

汀女は、顔に当てた幹次郎の手を自分の胸元に導き、たおやかな乳房に誘った。

「なんとやわらかな……」

「幹どの、姉様はもはやおかしかろう」

「なんと呼べばよい」

「さてなんと……」

幹次郎は汀女の寝着の帯を解《ほど》くと白い胸に唇をつけた。

「よい匂いじゃ」

幹次郎の脳裏の悪夢の残像が消えた。

汀女は幹次郎の背を抱き締めた。

体をくるりと回転させた幹次郎が汀女に伸《の》しかかり、ひとつになった。

短い、が、激しい肉欲が交《か》わされ、ふたりは果てた。

幹次郎の耳に日本海の海鳴りが戻ってきて、初めての五七五の言葉が浮かんだ。

海鳴りに　旅路を問うか　夏の宿

「幹どの、これからどうなさる」

「まずは摂津《せっつ》を目指す。姉様を養うくらいなんとでもする」

ふたりは茫《ぼう》とした企てを胸に、再び微睡《まどろみ》に落ちた。

汀女が出雲《いずも》領の小さな漁村で風邪《ふうじゃ》を患《わずら》った。それを治すのに思わぬ日にちを要した。

幹次郎は漁師に頼んで漁船に乗せてもらい、網を引いて暮らしを立てた。

なんとか汀女が旅をできるようになったのは秋の終わりのことだ。なんとしても人の雲集《うんしゅう》する大坂《おおさか》に出て、冬を過ごす仕事を見つけねばならない。

神守幹次郎と汀女が浪速《なにわ》に辿《たど》りついたのは竹田を出て四月《よつき》後、季節は冬へと変わっていた。

道頓堀《どうとんぼり》近くの裏長屋に転がり込み、幹次郎は何日も桂庵《けいあん》に足を運び、淀川《よどがわ》の護岸工事の人足《にんそく》に職を得た。仕事は十日余り続き、そのとき知り合った讃岐《さぬき》の浪人者が唐傘《からかさ》張りの職を紹介してくれた。人足仕事と唐傘張りでなんとかその冬を乗り切った。

ふたりは浪速の暮らしにも慣れ、汀女は表通りの呉服屋から仕立物の賃仕事を得て、稼ぎも安定した。

夜、行灯の明かりの下で幹次郎は汀女から読み書きの手解きを受けた。汀女は、いつ学んだのか俳諧から連歌《れんが》、漢詩と素養豊かで、達筆な字も書いた。幹次郎は、姉様に付いて必死に学んだ。

貧しい暮らしを男女の絆が豊かに支えていた。

竹田を出て一年が過ぎ、二度目の秋を迎えようとしていた。

その日、幹次郎は堂島《どうじま》の札差《ふださし》の米蔵に人足として入った。

新米の取り入れの季節、大坂近郊から荷舟に積まれた米が集まってきた。

手拭いで頬被《ほおかむ》りをした幹次郎は、軽々と米俵を担ぎ、荷舟から河岸《かし》への渡し板を渡った。

ふとそのとき、岸辺で片腕の武士が米蔵役人と話しているのを見た。

(藤村壮五郎……)

紛れもない、汀女の夫だった藤村壮五郎だ。

納戸頭は殺伐《さつばつ》とした相貌に幹次郎が与えた衝撃の大きさを残していた。

おぼろに考えていた追跡者の姿がすぐそこに出現した。

(黒く、大きな波は、おれと姉様を水底に引き摺り込もうと迫っている……)

幹次郎は俵に冷や汗を浮かべた顔を隠して、ふたりが話し合う傍らを通り過ぎた。

そのとき、蔵役人のうんざりしたような声が聞こえた。

「豊後岡藩の藤村はんだしたな、気をつけときまひょ。そないな狂暴な男は、うちかてかなわん……」

その夜、久しく見なかった海底に引き摺り込まれる夢を見た。

幹次郎は、翌朝から岡藩の大坂屋敷を見張った。

三日目、藤村壮五郎と肥後貫平の姿を見かけた。貫平の右肩は大きく落ちている。

幹次郎が与えた傷痕だ。もはや追跡者のことを汀女に隠しおおせぬ。

その夜、幹次郎は汀女に追跡者の存在を告げた。

「ふたりが所用で浪速に出てきたとは考えられませぬか」

汀女は縋《すが》るような表情で訊いた。

「それはない。藤村はそなたをそれがしに盗まれ、蛇貫は勝負に負けて武士の体面を傷つけられた。われらの首を持ち帰らぬかぎり竹田で暮らすことはできぬ。それが武士の習いだ」

「そうでございましたな」

「明日にも浪速を出るしかあるまい」

「どちらへ」

「さてな、あてはない。ともあれ旅仕度じゃ」

「ならば行きたいところがございます」

幹次郎は汀女の決めた地に従っていこうと即座に決心した。

三

再び旅が始まった。

汀女が選んだ道は北陸道《ほくりくどう》だ。

藤村らが浪速の次に探すとすれば、東海道筋《とうかいどうすじ》から江戸であろう。

神守幹次郎と汀女は藤村らの裏をかくように冬の加賀《かが》を目指した。

加賀のたたずまいは不安な気持ちを安堵《あんど》させるものがあった。だが、雪に埋もれた冬場、人足仕事もない。かといって工芸の盛んな町では唐傘張りを素人《しろうと》ができるほど甘くはなかった。

汀女が老舗《しにせ》の呉服屋から請《う》け負う縫いものの賃仕事が、ふたりの暮らしをどうにか支えた。

春になって雪かきの手間仕事が幹次郎にも回ってきた。

暮らしの余裕の出た汀女は呉服屋の紹介で俳諧の集まりに出た。

もはや句作はしても発表はせぬと宣言した汀女は、その夕暮れ、白い顔に興奮の余韻を残して戻ってきた。

「加賀の集まりはどうであった」

「さすがに千代女《ちよじよ》様のお国でございます。どなたも着想が自在で面白うございます」

「千代女様とは加賀の俳人か」

どうやら汀女は千代女を慕《した》って金沢に来たらしい。

「加賀の松任《まつとう》というところで、元禄《げんろく》の終わりごろにお生まれになられて、若くから名を成された方でございますよ」

「存命か」

「惜しいことに数年前に亡くなっておられました」

「姉様、千代女様の句を教えてくれんか」

「行く水におのが影追う蜻蛉《とんぼ》かな……」

汀女はすぐに答えた。

「……行く水におのが影追う蜻蛉かな」

「蜻蛉は秋の季語、冬を迎える前に命を散らします。おのが人生を重ね合わせながら、なんともすっきり仕上がっておりまする」

「姉様、分かりやすうてよい句じゃ」

幹次郎と汀女の金沢での暮らしは二度目の冬を迎えて、安定した。

汀女は縫い物を、幹次郎は、何軒かの大家に頼まれて定期的に屋根の雪下ろしを請け負い、ふたりの食い扶持《ぶち》くらいにはなった。

そんな日々、幹次郎は加賀百万石の城下外れに眼志流居合《がんしりゅういあい》の看板を掲げる道場を見た。加賀湯涌谷《ゆわくだに》の人戸田眼志斎《とだがんしさい》が創始した一派である。藩伝承の居合を伝えるという道場は、さほど流行《はや》っているとも思えない。

そこが幹次郎の気に入った。汀女に入門を相談すると、

「それはよろしゅうございます」

とふたつ返事で喜んでくれた。

早速、入門の手続きに道場を訪ねると小柄な老人がひょこひょこと姿を見せた。熟柿《じゅくし》のような酒の臭いが全身に染みついている。その上、右手がかすかに震えている。それが道場主の小早川彦内《こばやかわひこない》だった。

(困ったことになったな……)

幹次郎の気持ちなど斟酌《しんしゃく》することなく彦内老人は、

「入門料に一分《ぶ》。月謝はな、一朱《しゅ》ももらおうか」

と手を出した。

どうやら酒代にも事欠いているらしい。

幹次郎は金をどぶに捨てた気持ちで払った。

「もう少しするとな、門弟が来るで、それまで道場の掃除《そうじ》でもしてもらおう」

彦内老人は早々に奥に下がった。

(仕方ない。これも修行じゃ……)

庭の井戸端に行くと桶《おけ》に水を汲《く》み、道場の入り口に干されてあった雑巾《ぞうきん》で広くもない道場の拭き掃除をした。それが終わったころ、郷士《ごうし》の子弟や百姓たちが集まってきた。

「おや、新入りさんか」

幹次郎が正座して挨拶をすると中のひとりが、

「お侍、うちは堅苦しいのは抜きじゃ」

と手を振った。

まずお茶が沸《わ》かされ、門弟のひとりが持参した菜漬《なづ》けで休憩が取られた。

何人かの門弟は加賀の殿様の参勤《さんきん》道中に随行《ずいこう》して江戸に行ったことがあるらしい。

江戸の話が加賀訛りで語られ、ひとしきり談笑があった。

こうして数少ない門弟たちが集まるのを待っているらしい。およそ十名の門弟が集まると、ようやく稽古が始まった。それぞれがかってに正座をしたり、立膝をついたり、立ったりしながら、ゆっくりと丁寧に形《かた》の稽古に取り組む。

中のひとりは、

「横霞《よこがすみ》み」

とか、

「浪返《なみがえ》し」

などと技の名前を唱《とな》えながら刀を抜いていく。

幹次郎はそれらの稽古を見物して一日を送った。とうとう小早川彦内は稽古の場に顔を見せなかった。だが、門弟たちは気にかける様子もない。

帰り道、居心地だけがよさそうな道場に通うかどうか迷いながら幹次郎は長屋に戻った。汀女に相談すると、

「幹どの、ゆるゆるとおやりなされ。俳諧も剣術も熟達するには時がかかります。やめるのはいつでもできまする」

と忠告された。

幹次郎は二日に一度か三日に一度のわりで道場に通い、師範代《しはんだい》の多野村《たのむら》から眼

志流居合の初歩の形を習った。

彦内は気まぐれに顔を出し、弟子たちの動きを見るともなく見ると手振りで直すこともあった。その程度の教授法だ。

武者修行の武芸者が道場に姿を見せたのは、北陸道に遅い桜の季節が巡ってきたころのことだ。

壮年の巨体には自信と力が満ち溢《あふ》れていた。

武芸者は小早川彦内との立ち合いを望んだ。

多野村が、

「うちでは立ち合いは禁じられております」

と何度も断りを述べたが聞き入れようとはしない。

どうやら旅の草鞋《わらじ》銭《せん》稼ぎの武芸者とみえた。

弟子のひとりが奥の師匠に事情を告げに行った。すると珍しく彦内がひょこひょこと現われ、

「立ち合いを所望するのはそこもとか」

と訊いた。

武芸者は小柄な彦内を見て、いっそう猛々しい物言いになった。

「加賀百万石と申すゆえ、ちっとは骨太の剣士がおるかと思うたが、行く先々の道場が畳水練《たたみすいれん》まがいの棒振り剣法でうんざりしておる。こちらの先生は、立ち合っていただけるのかな。それとも……」

「……そなたに渡す草鞋銭はない。立ち合おう」

彦内は気軽に刃引《はび》きした稽古用の居合刀を帯に差した。

多野村が奥に走り、徳利《とつくり》を抱えて走り戻ってきた。

彦内は喉《のど》を鳴らして呑むと、ふうっと息を吐いた。

手の震えが止まっていた。

巨漢の訪問者は彦内が立ち合いに応じるとは思いも寄らなかったようで、驚きの表情を見せた。その顔がみるみる朱に染まり、脅迫するように怒鳴った。

「老人、こちらは真剣よ。命を落とすことになるやもしれぬがよいな」

「小早川彦内、少々浮き世にも飽きたでな、死ぬもよし」

彦内の丸まった背筋がぴんと伸びた。

「雲州《うんしゆう》浪人赤沢富二郎《あかざわとみじろう》……」

そう名乗った挑戦者は三尺（約九十一センチ）余の長剣を抜き放ち、中段《ちゆうだん》につけた。

彦内は鞘元に左手をかけてわずかに刀を横に寝かせ、半身のままに腰を沈めた。

鋭《えい》っ！

赤沢が野太い気合を発し、一歩踏み込むとすぐに一歩下がった。

それが赤沢の間合の取り方のようだ。だんだんに速度が速くなり、中段の剣はいつの間にか上段《じょうだん》に変わっている。

彦内はただ空気のように構えている。

赤沢の踏み込み足が後退せずに前方へ走った。

彦内を押し潰すように長剣が落下してきた。

幹次郎は彦内の手がゆるやかに動き、光が疾《はし》ったのを目に留めた。

その瞬間、乾いた音がして赤沢の巨体が床に倒れ込んだ。

刃引きした刀で叩かれた赤沢は失神して転がっている。

「だれぞ介抱してやれ」

彦内は酒中毒の老人に戻り、背が丸まり、手が震えていた。

（なんと……）

幹次郎は彦内の神技に、剣術の奥深さと険しさを悟らされた。

彦内の下で眼志流の居合を真剣に学ぶ日々が続いた。

加賀を去る日は唐突に来た。

安永九年（一七八〇）春、汀女が句会の催しの帰り道、藤村壮五郎の小者の松《まつ》三《ぞう》にばったり出会った。

「奥様……」

「……松三」

ふたりは名を呼び合うと顔をただ見合わせた。

最初に口を開いたのは松三だ。

「旦那様も貫平様もおふたりを追って、金沢に来ておられます。わしは奥様に会った以上、話さねばなりません。このまま逃げてくだされ」

汀女は松三の親切に頭を何度も下げた。

走りかけた汀女に松三が言い足した。

「弟の信一郎《しんいちろう》様もおいでです」

理解ができなかった。

「なぜ信一郎が藤村と行《こう》をともにするのです」

松三は気の毒そうに顔を伏せたが、汀女の再三の問いに説明し始めた。

「旦那様は、奥様の実家にはいまだ十数両の貸しが残っているとおっしゃられて、信一郎様を養子に強《し》いましてな、縁組をなされたのでございますよ」

「なんと……」

幹次郎と汀女の追っ手のひとりは、五つ年下の弟だという。

「私が奥様にお会いしますのは明日のこと、一日の猶予《ゆうよ》がございます。できるだけ遠くに逃げてくだされよ」

汀女はがくがくと頷《うなず》くと長屋に戻った。

その夕暮れ、帰ってきた幹次郎に追っ手が加賀に入っている事実だけを告げると汀女は旅仕度を促した。

富山から滑川《なめりかわ》に抜け、泊《とまり》から糸魚川《いといがわ》、新潟、酒田《さかた》、本庄《ほんじょう》、秋田、弘前《ひろさき》、青森と日本海を北へ北へと旅を続けた。

追っ手に弟が同行していることを幹次郎に告げたのは、糸魚川の漁師宿でだ。

幹次郎は汀女の弟たちの長兄《ちょうけい》のような存在であった。

「なにを考えておられる」

汀女が厳しい声音《こわね》で言った。

「われらはすべてを棄てて竹田を出たのです。弟が藤村の一行に加わっているからといって、われらの進退は変わりませぬ。よいな、幹どの」

ふたりには逃げ続けるしか途《みち》はない。それが生きる定めであった。

「すまなんだ……」

汀女が縫い物を請け、幹次郎が普請場《ふしんば》で働きながら、ご城下の長屋や山村《さんそん》の納屋《なや》に身を寄せて時を重ねる。

追っ手の気配を感じるやすぐさま、暮らしを棄てて旅に出た。

そんな暮らしが二年三年と続いた。


天明《てんめい》三年（一七八三）、幹次郎と汀女は松平陸奥守《むつのかみ》御支配の仙台《せんだい》（伊達《だて》）藩六十二万石のご城下にあった。

さすがに奥州《おうしゅう》の雄藩《ゆうはん》、暮らしを立てる賃仕事はいくらでもあった。

この数年、追っ手の気配を感じたこともない。

ふたりを脅かす悪夢もたまにしか見ることはなかった。

汀女が句会を主宰する尾崎淋雨《おざきりんう》の門を叩いたのは初夏のことだ。

淋雨は松尾芭蕉《まつおばしょう》を敬愛する俳人で、伊達藩藩士でもあった。

淋雨は汀女に句を披露するように執拗《しつよう》に迫った。汀女は相手の態度に不審を感じつつ旅の徒然《つれづれ》に幹次郎が詠んだ、

浮き沈み　笹舟がいく　春あらし

を提出した。

淋雨は何遍か口の中で繰り返し、

「汀女どのは豊後竹田のお生まれかな」

と唐突に聞いた。

「どうして宗匠さまはそう思われるので」

「やはりそうか」

淋雨は席を立つと一通の書状を持ってきた。

「そなたの弟御がな、子細《しさい》を話してそれがしに預けていかれた」

弟の信一郎は汀女が行く先々の句の集まりに顔を出すと考え、淋雨にも文《ふみ》を残していったらしい。

「いつのことでございます」

「二年も前になるかな」

淋雨に断りを入れると文の封を切った。

〈姉様、そなたの手元に渡るやら渡らぬやら、このような文を何十通とあちらこちらで書き残したものか。竹田を出て幾星霜《いくせいそう》、壮五郎どのは幹次郎兄に斬り落とされた腕が痛むと申されて酒に溺れ、蛇貫はさらに荒《すさ》んで道場荒らしに生きがいを見出《みいだ》しながら、復讐の暗い執念《しゅうねん》を燃やしおり候《そうろう》。それがしは姉様と幹次郎どのに顔を接するを望まず、ひたすらそのことを神に祈念《きねん》しつつ生きながらえて候……〉

汀女の眼が霞《かす》み、字が滲《にじ》んだ。

天明元年（一七八一）十月に記された文の末尾に、仙台を発《た》って会津路《あいづじ》に向かうことが告げられてあった。書状の文面から推測するに藤村の一行は、幹次郎と汀女の北陸奥羽《おううるろう》の流浪の前後を同じように辿ってきた様子であった。

汀女は神仏に幸運を感謝した。

その夜、青葉川《あおばがわ》の河川《かせん》普請から戻った幹次郎に若い文字の書状を見せた。急ぎ文面に目を落とした幹次郎は、

「信一郎……」

と呻《うめ》くように言った。そして、しばし沈黙して考え込んだ。

「幹どの、なにを考えておられる」

汀女が不安げな顔で連れ合いの顔を見た。

「信一郎が苦難に落ちたのはそれがしのせいじゃ。助けねばならん」

「そのようなことをどうやって……」

「……姉様、これまでは追われ追われの旅であった。今度はこちらが藤村一行を追いかける旅となる」

「信一郎を抜けさせるなど藤村が許すとも思われません」

「信一郎だけに密《ひそ》やかに近づき接触する」

「見つかれば戦いになるは必至……」

「……そのときはそのときじゃ。再び日田往還の再戦となる」

「いやじゃ！　幹どの、そなたを失うのは嫌です」

年上の汀女はいつしか幹次郎との暮らしに安らぎを見出していた。

弟には逢いたい。

だが、藤村らとの戦いになれば、幹次郎が再び勝ちをおさめるのは不可能であろう。

日田の戦いは藤村壮五郎も肥後貫平も幹次郎の腕を見縊《みくび》り、不覚を取ったのだ。万全の態勢で応じるとなると、幹次郎ひとりの戦いははなはだ不利だ。

「姉様、よいのか。あの気の弱い信一郎を藤村一行のもとに置いて、無益な人生を過ごさせてよいものか」

信一郎は物心ついたころから汀女に頼りきりの性格であった。仲間同士の喧嘩《けんか》でさえ姉が出て、決着をつけたものだ。そんな幼い折りの弟を思い出したか、汀女はただ涙にくれるばかりだ。

幹次郎は気長に汀女を説得しようとした。

そんな最中、ふたりが仙台から離れなければならない驚天動地《きょうてんどうち》の天災が奥羽を襲った。

四

天明三年七月八日、浅間山《あさまやま》が未曾有《みぞう》の大噴火をした。

四つ(午前十時)、大音響とともに爆発した浅間山の噴煙《ふんえん》は空高く舞い上がり、溢れ出た溶岩が火砕流《かさいりゅう》となって上野吾妻郡鎌原村《こうずけあがつまごおりかんばらむら》を襲い、一気に飲み込んだ。

被害は一円に拡大し、死者二万人にも及んだ。

この噴火が因で日本じゅうに天候不順が続き、餓死者や流民《るみん》を生み出すことになる。とくに奥羽地方の飢饉《ききん》は農村部に大打撃を与えた。

幹次郎と汀女が暮らす仙台にも飢《う》えた農民たちが押し寄せ、城下町はたちまち難民で溢れた。もはや仕事どころではない。

ふたりはその秋、仙台を離れ、海沿《ぞ》いを南下した。

汀女が再び弟の影を踏んだのは、御三家水戸《ごさんけみと》様の城下であった。

やはり俳諧の指導者のもとにその文は預けられてあった。

五月《いつつき》前のことだ。

文には会津から宇都宮《うつのみや》を巡った追跡行が記され、江戸に向かうとあった。藤村一行の江戸入りはこれで三回目、二年をかけて滞在し捜索が行われることが述べられ、汀女たちに江戸に立ち寄らないように告げてあった。

汀女はこれを幹次郎に知らせなかった。

翌春、水戸を出立《しゅったつ》する際、幹次郎は江戸に赴《おもむ》きたいと望んだ。

汀女は江戸にも飢饉の流民が多く、仕事もありますまいと言い募って、房州《ぼうしゅう》から上州に上がり、噴火の跡をとどめる信州《しんしゅう》を避けて甲州《こうしゅう》に向かった。

天領の甲府《こうふ》で半年、さらに甲州から東海道に抜けて大久保《おおくぼ》加賀守の城下小田原《おだわら》十一万三千石に落ち着いた。

その日、継ぎの当たった野良着に頰被り姿の幹次郎は、酒匂川《さかわがわ》の護岸普請の人足に雇われ、もっこ担ぎに精を出していた。

七つ半（午後五時）ごろか、東海道を江戸から箱根《はこね》へと向かっていた中間《ちゅうげん》のひとりが橋を渡ったところで街道を外れ、幹次郎の働く土手に曲がってきた。菅笠《すげがさ》にお仕着せの法被《はっぴ》、背に風呂敷包みの荷を斜《なな》めに負っていた。腰を屈《かが》めたところをみると履《は》いていた草鞋の紐でも切れたらしい。うんざりした顔で土手に座り込み、安物の刻み煙草《たばこ》を煙管《キセル》でせかせかと吸った中間は、街道に戻ろうと立ち上がった。

そのとき、もっこを担ぐ幹次郎と目を合わせた。

「甚吉《じんきち》」

「幹やん」

岡藩中間、足田《あしだ》甚吉であった。

幹次郎の長屋に続く中間長屋が甚吉の住まいで、幼馴染のひとりであった。

「元気であったか」

甚吉は懐かしそうな顔をした。

幹次郎は小頭《こがしら》に頭を下げると、早引けにさせてくれぬかと頼んだ。

「もうそろそろ終《しま》いの刻限じゃ、かまわん」

甚吉の待つ土手に戻った。

「長櫃持《ながびつ》でな、参勤行列に加わって江戸に行った帰りじゃ」

甚吉は江戸の藩邸に半年あまり勤めての帰りだと付け加えた。

「今晩はどうする気であった」

「小田原の旅籠泊まりよ」

「ならば付き合え」

幹次郎は甚吉を小田原宿の知り合いの旅籠に伴《ともな》い、素泊まりを頼んだ。そうしておいて近くの煮売屋《にうりや》に幼馴染を案内《あない》した。

「小田原に住まいして長いのか」

「一年ほどじゃ。その前はあちらこちらにな、旅して回った」

「姉様は元気か」

幹次郎は頷いた。

甚吉は汀女とも顔見知りの仲だ。

「幹やんと姉様が竹田を出て何年になる」

「九年が過ぎたわ」

大徳利に酒が来た。

幹次郎は甚吉の猪口《ちょこ》に地酒を注ぎ、自分のも満たした。

甚吉は喉を鳴らして呑み干した。

幹次郎は嘗《な》めただけだ。その代わり甚吉の猪口を新たに満たした。

「大騒動であったぞ。幹やんが姉様を奪って逃げたときはな、そうでもなかった。じゃが藤村が片腕を斬りとられ、蛇貫までが肩を砕かれて、釣台《つりだい》でな、城下に戻ってきたときのお偉方の顔をな、おぬしに見せたかったわ。家老の水城様がな、槍奉行の肥後利三郎《としさぶろう》様と目付頭の肥後市蔵様を呼ばれて、うぬの息子は道場通いもしたことがない下士風情に肩を砕かれておめおめと帰国しよって、何たる恥さらし。日田往還の戦いを見物した通行人があちらこちらで言い触らしておるというではないか、岡藩の恥辱《ちじょく》この上なし。傷が治りしだい、藤村とそちの息子に馬廻りを追跡させろ。よいな、そやつの首を持ち帰らぬかぎり、竹田には一歩も入ってはならぬとな、大勢の前で怒鳴りつけられたそうじゃ」

「わしはただ身を守っただけじゃ」

「幹やん、それは貧乏侍の理屈よ。武家方は体面じゃ、重臣方は面目を潰されては生きられんわ。ふたりの傷が癒えたのは半年も過ぎたころよ、追い出されるように竹田を発った」

「以来、帰国を許されておらんのか」

甚吉は首を縦に振った。

「信一郎も伴っているらしいのう」

「知っておったか」

幹次郎は曖昧《あいまい》に頷いた。

「話が早い。お偉方には逃げた妻女の弟を追っ手に加えるのに反対なされた方もおられたらしい。藤村様がな、信一郎のたっての願いでございますと懇願《こんがん》されてな。なあに借金のかたに養子縁組を図り、追っ手に強引に加えたのよ。姉様と違って信一郎は意気地なしじゃからのう、縁組を断るならば、借金を返せと迫られて泣く泣く承知したんじゃ」

「なぜ信一郎を伴うか分からん」

「立ち合いになったとき、信一郎が討ち手のひとりなら幹やんの切っ先が鈍《にぶ》ろうが……それが狙いよ」

　幹次郎は吐息をついた。

「蛇貫だなんだと藩道場でちやほやされた上士《じょうし》が幹やんに一撃でやられた、面目丸つぶれ、重臣方はかんかんよ。じゃが幹やん、わしらのような長屋住まいは幹やんの武勇にな、拍手を送っておるわ」

　甚吉は笑った。

「甚吉、うちの家はどうなった」

「即刻取り潰しが決まったわ。母さまと弟妹四人は長屋を出られてな、どこぞにな、落ちてゆかれた」

　甚吉はその後の行方は分からんと言うと手酌で酒を飲んだ。

「姉様の家は」

「親父様は何年も前に死んだわ。幹やんと姉様を始末した暁には、次男の陽二郎《ようじろう》に家督《かとく》を継がせる約定《やくじょう》が成っているらしい。母者と陽二郎が長屋でその知らせを待っておられる」

　幹次郎の所業はふたつの家族に不運をもたらしていた。それは覚悟の上であったが、こうして異郷の地で聞かされると胸が痛んだ。

「いつまで旅が続くんかのう」

甚吉は無責任に呟くと空《から》の猪口を満たした。

「風の音にも怯《おび》える暮らしがな、嫌になるときがある。討たれてもよいとな、思わんでもない」

「幹やん、本心か」

ほんとの気持ちよと答えた幹次郎は、猪口に残った酒を嘗めた。

「藤村様らはよ、江戸におられる」

「なにっ、江戸に」

「この二年な、下谷《したや》の屋敷に住まわれて、江戸じゅうを探し回っておられるわ」

「蛇貫も信一郎もいっしょか」

「いっしょじゃろ。なにしろ旅の路用《ろよう》はすべて藤村持ちというからな。藤村の金蔵が潰れんかぎり、幹やんと姉様の追跡は続く」

「藩邸とつながりはあるのか」

「表向きはないことになっている。じゃがな、藩の重臣方はみんな藤村と蛇貫が幹やんを討たねば、岡藩の侍の意地が果たせんと思っておるでな、幹やんたちが江戸に入るのを手ぐすね引いて待ち受けているわ」

幹次郎は沈黙した。

「なにを考えておる」

「竹田を出て以来な、江戸には一歩も踏み入れなかった。じゃが、おれの方からな、訪ねていく頃合かもしれん」

「討たれるのか」

「討たれはせん。信一郎を助け出すのよ」

「ならば早いほうがいい。先日な、江戸家老の上村《うえむら》様が藤村様を呼ばれてな、いつまで恋恋《れんれん》と江戸に居座る気じゃと叱責《しっせき》されたというぞ。近々、旅に出られるかもしれんからな」

「分かった。甚吉と会《お》うて肚が決まった」

幹次郎はわずかな酒に顔を赤らめた幼馴染に頷くと聞いた。

「甚吉、だれか藩邸におれを助けてくれる者はおらんか」

「おらいでか。中《なか》屋敷にな、ひとりおる……」

幹次郎と汀女が初めて江戸入りしたのは、天明五年（一七八五）の晩夏のことだ。

甚吉と酒匂川の土手で出会って二十日余が過ぎていた。

幹次郎と汀女は神田佐久間町《かんださくまちょう》の裏長屋に住まいを設けた。翌日から仕事探しと称して、芝口《しばぐち》一丁目にある豊後岡藩の中屋敷の出入りを見張った。

岡藩中屋敷を出て芝口橋を渡った中間を追って、幹次郎は出雲町《いずもちょう》に入った。

駒助《こますけ》は中間足田甚吉の朋輩《ほうばい》である男だ。使いでも頼まれたか、東海道を右折すると、三十間堀《さんじっけんぼり》の方角へと曲がった。

「駒助どのだな」

江戸育ちという中間は足を止めると幹次郎を見た。

古びた単衣《ひとえ》に頬被りをして両刀は差していない。

「だれでえ」

駒助は上目遣《うわめづか》いに幹次郎を見た。

「中間甚吉の朋輩でな、神守幹次郎と申す」

「国許《くにもと》の方で」

駒助は言葉遣いを改めた。

幹次郎が頷くと駒助はふと思い当たったように訊いてきた。

「おまえさんは、引き臼《うす》の腕を叩き斬って追われていなさる方だね」

藤村の異様にえらの張った顔を駒助はそう表わした。

幹次郎は頷くと、偶然甚吉と出会った小田原宿での経緯《いきさつ》を述べ、時間《とき》が取れないかと訊いた。

「使いを頼まれてはいるがね、急ぎでもないさ」

駒助は幹次郎を三原橋《みはらばし》ぎわに暖簾《のれん》をかけた天麩羅《てんぷら》の屋台に誘った。

幹次郎と汀女が江戸に出た天明五年のころ、天麩羅、そば、するめ売りなどなんでも四文《しもん》の屋台が流行し始めていた。

幹次郎が屋台を見るのは初めてのことだ。

駒助は勝手に酒だけを注文した。出された茶碗酒をきゅっと一気呑みした駒助は、用件とはなんだという風に幹次郎に顔を向けた。

「藤村様一行が下谷というところに滞在しておると甚吉が話しておった。そなたはその住まいを知っておるか」

「知らねえな」

駒助は幹次郎を窺《うかが》うように言い、言葉を継いだ。

「調べることはできまさあ」

頼む、と幹次郎は頭を下げた。

「どうなさる気なんで」

「一行にな、連れ合いの弟が加わっておる。助け出したいのじゃ」

「信一郎様という若侍ですかい」

「知っておるのか」

「藩邸に来られたときにちらりとな、見かけましたよ。女中が大騒ぎしていましたっけ。あれほどの美男は江戸でもめったにお目にかかれないからね」

幹次郎は幼き折りの信一郎の顔を思い出した。

信一郎は汀女に面立《おもだ》ちが似た少年であった。

駒助は新たに酒を注がせると口にした。

「日にちがかかるか」

「調べにですかい。下谷といっても広いからね」

と思案の振りをした駒助は、金がかかりますぜと言った。

「いかほど入用かな」

「お上役の口を割らせるとなると菓子折りというわけにもいきませんぜ。まあ、三両ってとこか」

「あちらこちらと逃げ回る身には無理じゃな」

「だめですかい。ならば二両で手を打ちましょうや。明後日の夕暮れにここにおいでなさい。金と引き替えに引き臼の塒《ねぐら》をさ、教えますぜ」

そう言った駒助はさっさと屋台から姿を消した。


二日後の昼下がり、両刀をたばさんだ神守幹次郎は四谷御門外《よつやごもん》麴町《こうじまち》にある一刀流《いっとうりゅう》山形右京大夫《やまがたうきょうだゆう》道場の門前を行きつ戻りつしていた。

昨日から江戸の町をあてもなく彷徨《さまよ》い、道場を探して回った。だが、その門前に立つと踏み込む勇気が湧いてこない。

駒助に渡す二両の金をなんとか二日のうちに都合しなければならない。人足仕事で稼げるわけもない。

ただひとつ思いついたことが、肥後貫平が繰り返しているという道場破りだ。

幹次郎も加賀滞在の折り、眼志流の小早川彦内道場を訪れた武芸者と彦内との壮絶な戦いを見ていた。

敗《やぶ》れれば命を落とさないまでも怪我を負わされて表に放り出される、それが習いだ。だが道場主を負かせば、その勝負を口外しないという黙契《もっけい》がわりに相応の金が渡されると聞いた。

だが、幹次郎は道場の前に立つと気後《きおく》れした。臆《おく》したというのではない、武士の面目に金をかけるという一事が乗りこえられない。

いつまでもここにいるわけにいかなかった。

近くの大名屋敷の勤番者か、絹ものを粋に着こなした侍ふたりが裾をかがった道中袴《ばかま》の幹次郎に蔑《さげす》むような一瞥《いちべつ》を投げて門を潜《くぐ》っていった。

(途はない……)

幹次郎も門弟らに続いた。

道場からは木刀で打ち合う音が響いてきた。

先に上がり框《がまち》に上がった門弟が幹次郎にうろんな視線を向けた。

「なにか用か」

「山形右京大夫先生に一手ご指南をお願いしたく参上仕《つかまつ》った」

「先生に、それは無理じゃ」

「なぜでござる」

「二百の門弟から大名諸家の出稽古、先生は多忙じゃ」

「そこをなんとか」

　ふたりの侍は顔を見合わせ、驚きの表情を見せた。そして長身のほうが詰問した。

「そなた、道場破りに来られたか」

「いえ、先生直々《じきじき》に一手ご指南を願うだけ」

「それが道場破りと申すのじゃ。帰れ、うちはな、他流試合は禁じておる」

「試合ではございません。一手ご指南を」

　押し問答するところに稽古着姿の壮年の男が現われた。

「騒がしいな」

　稽古を中断して様子を見にきたらしい。

「師範代、道場破りでございます」

「なにっ、道場破りとな。それは珍しい」

　師範代は幹次郎の全身をなぶるように見ていたが、流儀はと聞いた。

「薩摩流剣技を学び独創いたした……」

　小早川彦内道場で学んだ眼志流のことは口にしなかった。

　道場破りをするために小早川彦内の名を汚したくなかった。

「薩摩流剣術とな」

師範代の顔に嘲笑が漂った。

「見たいな」

「師範代……」

門弟が驚いて言った。

「幸いに先生は出稽古でおられぬ」

幹次郎は困る、と叫んだ。

「それがしは先生にご指南を願うもの」

「先生がおられたとしても、いきなりそなたとは立ち合われぬわ。まずは門弟との立ち合いが仕来たり、それをいきなり師範代のわしが立ち合うというのだ、不満か」

幹次郎は、首を振った。

「不満ではござらぬ。頼みがござる。それがしが勝ちを収めた場合、二両ほど借用したい」

「二両とはな、山形道場も石倉《いしくら》傀多《かいた》も安く見積もられたものよ。で、そなたが敗れた際はどうなさる」

「こちらの仕来たりどおりに……」

「……斬り刻んでもよいというのだな」

幹次郎は道場に上げられた。

およそ二百畳はあろうかという見事な道場だ。

石倉が大声を上げて稽古を中断させ、

「田舎剣法との手合わせを致す。各々方《おのおの》も参考に見ておけ」

と自信たっぷりに告げた。

百名余りの門弟たちが左右の板壁に下がって座った。

「石倉どの、二両の金をお示しいただきたい」

「なにっ、金目当てか」

「二両だと」

幹次郎の言葉に門弟たちから怒りとも、嘲笑《あざわら》いともつかぬ声が上がった。

石倉は鷹揚《おうよう》に頷くと弟子に命じて奥から小判二枚を持ってこさせ、三方《さんぽう》に載せると道場の床に置いた。

弟子のひとりが師範代と幹次郎に木刀を渡した。

「いざ」

石倉が木刀を正眼に取った。さすがに江戸の道場の師範代だ。風格が漂っていた。

幹次郎は右足を前に出すと同時に木刀を右肩に虚空高く突き出すように構えた。

右蜻蜓《みぎとんぼ》と称する薩摩剣法独特の構えだ。この構えを老武芸者は、

「朝に数千回、夕べに数千回、立ち木を地べたに叩き抜け」

と命じて去った。

江戸の剣道場では蜻蛉の構えに壮絶な打撃が隠されていることを知らなかった。

石倉の木刀の先端がせきれいの尾のように微《かす》かに上下し始めた。

眠りを誘うような動きだ。

幹次郎は両眼を見開くと気力を肚に溜めた。

「きえっ！」

野獣のような咆哮《ほうこう》が道場の羽目板《はめいた》を震わせ、幹次郎は突進した。

想像を超える行動であったか、一瞬、石倉は木刀の動きを止めた。が、思い直したように幹次郎の形相《ぎょうそう》を目にして湧いた恐怖を脳裏から振り払い、突進してくる幹次郎に木刀を合わせるように面《めん》撃ちに出た。

かーん！

幹次郎の強打が石倉の木刀を圧《へ》し折り、肩に痛撃を与えて床に叩きつけた。

「あっ！」

「師範代！」

門弟たちが声を上げたときには、幹次郎は三方の二両をかっさらい、道場の外に走り出ていた。

第二章　吉原会所

一

三十間堀の屋台には駒助の姿があった。すでに何本かの徳利を空《あ》けたらしく顔が黒ずんで赤かった。

「二両、できましたかい」

「出よう」

幹次郎は屋台を離れた。

駒助は酒代を支払わせるあてが外れて、小さな罵《ののし》り声を上げた。懐《ふところ》の財布から銭を出して親父の手に投げ出すように払った駒助が後を追ってきた。

「旦那、二両を拝ませてくんな」

追いすがった駒助は幹次郎に声をかけた。

幹次郎が楓川《もみじがわ》を背に振り向くと、懐手をした駒助が三角結びにした紙片をちらちらさせた。

幹次郎は道場破りで得た二両を見せた。

「引き替えですぜ」

懐にあった駒助の手が袖《そで》から出され、紙片を放り投げると二両を摑み取ろうとした。

幹次郎は投げられた紙片には目もくれず、駒助の手首を摑んだ。

「なにしやがるんでえ！」

駒助が喚《わめ》いた。

「苦労して得た二両じゃ。その屋敷まで案内してもらおうか」

「話が違う」

喚く駒助の頰げたに二、三発食らわせた。

呆然と立ちすくむ相手の足元から三角結びを拾うと広げた。

下谷山伏町《やまぶしちょう》燈明寺《とうみょうじ》裏荒木聞多《あらきもんた》、とあるだけだ。

「これでは分からぬ」

幹次郎は前を歩けと命じた。

「逃げようとすればそなたの首が飛ぶ。藤村様の腕がどうなったか見たな」

幹次郎は懐から小田原提灯《ちょうちん》を出して駒助に差し出した。

糞《くそ》っ！

駒助は罵り声を上げると提灯を摑んだ。

半刻《はんとき》（一時間）後、上野《うえの》屏風坂下《びょうぶざかした》の車坂町《くるまざかちょう》を入った越中《えっちゅう》富山《とやま》藩松平《まつだいら》出雲守《いずものかみ》十万石の下《しも》屋敷に隣接した下谷山伏町にふたりの姿はあった。

山伏町の東には黒鍬者《くろくわもの》（公儀隠密《こうぎおんみつ》）の拝領屋敷がならび、その南には燈明寺があった。

駒助の足はそこまでは確信に満ちていた。しかし山伏町に入った途端、提灯の明かりをたよりにあちこちの門札を眺めて歩いた。

四半刻《しはんとき》（三十分）後に、

「ここですぜ」

と幹次郎に言った。

そこは御家人《ごけにん》の屋敷か、傾いた冠木《かぶき》門の扉が閉じられてあった。

曲がってかかった表札には荒木とある。

「荒木って御家人はね、胸の病かなにかを患ってよ、療養のために田舎暮らしをしているんで。その間にね、藤村の旦那が借り受けていたのさ」

そう説明した駒助は、

「旦那、おれの仕事はここまでだ。斬り合いなどには関わりたくねえからな」

と手を出した。

「まあ、もう少し付き合え」

幹次郎は駒助の胸をどんと押した。

後ろにたたらを踏んだ駒助の背が扉にぶつかり、ぎいっと開いた。

「なにしやがんで」

「この屋敷、無住《むじゅう》じゃな」

「そんなことあるけえ。二両出しねえ」

わめく駒助の首根っこを摑まえ、屋敷内に連れ込んだ。

敷地の中は森閑《しんかん》として人の住む気配はない。

「駒助、謀《はか》ったな」

幹次郎は刀の柄に手をかけた。

「違う、違うって。引き臼たちがここに住んでいたのはほんとのことだ」

「立ち退《の》いたのか」

「つい先日な」

「それを最初から知っていて、それがしを金策に走り回らせたか。許せん」

幹次郎の剣幕に駒助の持つ提灯の灯りがぶるぶる震えた。

「旦那、金はいらねえ」

後退《あとじさ》りする駒助との間合を詰めながら、幹次郎の腰が沈んだ。

きえっ！

闇に怪鳥のような悲鳴が響き、腰間《ようかん》から光が疾って頭上に振り上げられ、振り下ろされた。

無銘の豪刀の刃が駒助の額で止まっていた。

声もなくずるずると駒助の体が地べたに崩れ込んだ。腰を抜かしたらしい。

落ちた小田原提灯が燃え上がった。

「藤村らが江戸を立ち去ったは確かか」

駒助ががくがくと頷いた。

「どちらに向かったか、分からぬか」

顔が横に振られた。どうやら駒助の必死の形相からみて、真実のようだ。

幹次郎は刀を鞘に戻した。

「そなたのせいでひとりの師範代の面目を潰したわ」

立ち去ろうとする幹次郎に駒助が言った。

「一両、用立ててくれねえか。ばくちの借金を今日明日じゅうにも返さねばなら

ねえんだ」

幹次郎はこの期《ご》に及んでも金に執着する中間を呆《あき》れたように見た。

「信一郎が馴染《なじ》んだ女郎が吉原《よしわら》にいる。吉原羅生門《らしょうもん》河岸《がし》の切見世《きりみせ》のおみねって

女だ。こいつにな、訊いてみねえ。行った先が分かるかもしれねえ」

幹次郎は駒助の顔を睨んだ。どうやら嘘は言っていないとみた。

「吉原に上がるにはいくらかかる」

「吉原たって、汚ねえ長屋で客を取る切見世だぜ。一分もあれば御の字だ」

提灯が燃え尽き、駒助の顔も闇に沈んだ。

幹次郎は一両を投げ出すと無住の屋敷の外に出た。

四つ（午後十時）前、神守幹次郎は浅草《あさくさ》裏の吉原の大門《おおもん》を潜った。

噂には聞いていたが、茶屋《ちゃや》の軒先《のきさき》には眩しいほどに灯りが入り、別世界の感が

ある。通りがかりの町人に羅生門河岸の場所を訊くと、

「お侍、腕を盗られんじゃねえぜ」

と笑いながらも角町《すみちょう》の通りを西に入った奥だと教えてくれた。

角町の通りを行くと高い板塀に突き当たった。

板塀の向こうは鉄漿溝《おはぐろどぶ》だ。

ここが羅生門河岸か、いきなり暗くなった。塀の向こうのどぶからだろうか、悪臭が立ちのぼってきた。

「お侍さん、遊んできな」

幹次郎が一歩踏み込むと、いきなり袖を取られた。

「人を探しておる、おみねという女だ」

「おみねはあたいだよ」

幹次郎の腕を摑んだ女はかなりの年増《としま》か、煙草臭い息を吹きかけた。

幹次郎は何枚かの銭を女に握らせると、おみねの見世を教えてくれと頼んだ。

「仕方ないねえ、おみねってのはふたりばかりいるけどさ、お侍の探していなさるのは若い方かね、年増かね」

「さてな、それがしの義弟が馴染とかでな」

「義弟ってのは、西国《さいごく》出かい」

「そう、豊後竹田の生まれじゃ」

「ならば三軒先のおみねだよ。でもさ、客が上がっているよ、その間、遊んでおくれな」

年増の女郎を振り切ると、三軒先の切見世（局《つぼね》見世）を訪ねた。

間口わずかに四尺（約一・二メートル）、ちょうど職人風の男がそこに嵌《は》まった二尺の戸を開けて姿を見せた。

「また来《く》らあ」

女の返事が中からした。

幹次郎は、おみねと名を呼んだ。

沈黙があって、だあれと問い返してきた。

「それがし、信一郎の義兄《あに》でな。そなたに話があって参った」

また長い沈黙があって、帯でも締め直しているような気配がして、白い顔が戸口から覗いた。

若い。十七、八か。汗を薄くかいた顔が暗がりに痛々しい。

汀女のふっくらとした面立ちとどこか似た女だった。

あった。

「信一郎の姉の汀女といっしょに暮らす神守幹次郎と申す」

おみねは中へと小声で言った。

狭い戸を潜ると奥行二間（約三・六メートル）ほどの空間に布団が敷きのべてあった。

板壁の隣から派手なよがり声が漏《も》れてきた。

真っ赤な長襦袢《ながじゅばん》の上に着物を羽織ったおみねが恥じらいを見せながらも、小声で言い出した。

「お侍、ここはあたいらの体を売り買いする場、一ト切《ひときり》二百文ほど……」

幹次郎は懐に残った一両を差し出した。

「一両なんて釣りがないわ」

「取っておいてくれ」

幹次郎は駒助に騙《だま》された経緯を語って、汗を流して稼いだ金ではないとおみねの手に握らせた。

「今晩は泊まっていって」

おみねがうれしそうに布団の下に小判を隠し、戸を閉めた。そして羽織った絹ものを肩から滑《すべ》らし、寝床に誘った。

緋《ひ》の長襦袢が幹次郎の目を眩しく射た。

「よい、おれはよい」

幹次郎は慌てて断った。

「さっきの客が口開けよ。汚れてはないわ」

「そなたと信一郎は、ただの遊女と客の間柄か。それとも好き合《お》うた仲か」

おみねが首を傾《かし》げて、幹次郎を見た。

「信さんにはあたいが惚《ほ》れたの」

「ならば義弟の大事な女ということになるな」

「そうか、おまえ様はほんとに信さんの義理の兄さんか」

「物心ついたときから実の兄と弟のように過ごしてきた。信一郎はな、泣き虫でよく喧嘩に負けては、姉様やおれが出ていって仇を討ったものじゃ」

おみねはなにか思い出したように笑った。

「それで抱けないのか」

納得したように自分に言い聞かせたおみねはそれでも、

「見世に上がってあたいを抱かない客なんて初めて」

と理解ができない表情を見せた。

幹次郎は話題を戻した。

「信一郎が江戸を発ったのはいつのことだ」

「ひと月ほど前かな」

どうやら幹次郎らの江戸到着前に出立した模様だ。

「どちらへ向かったか分かるか」

「教えられてないって」

「どうしてじゃ、藤村は仮にも養父ではないか」

「姉さんに文を書き残そうとしていたことがばれたんだって。それで藤村と蛇貫とかいう仲間に手ひどく折檻《せっかん》されたのよ。それ以来、信さんには大事なことはなにひとつ知らされないんだって」

「江戸に戻ってくるかどうかも分からぬか」

おみねは黙った。

「なにかそなたと約定でもなしたか」

おみねは意を決したように呟いた。

「逃げ出してあたいを訪ねてくれるって言い残したけど」

「藤村らに見つかればただでは済まぬぞ」

おみねの顔が不安に曇った。

「おみね、よく聞いてくれ。藤村たちはわれらを討たねば藩への帰参が叶わぬのじゃ。その上、十年もわれらを探し歩いて心も荒んでおる。信一郎がよしんばあやつらの手から逃げ出せたとしても見つかればただでは済まぬ」

おみねは不安な顔をして、

「どうすればいい、お侍」

と訊いた。

「おみね、われらは神田佐久間町の茂三《しげぞう》長屋に住んでおる。信一郎がそなたのもとに参ったら、すぐさま知らせてはくれぬか。これは信一郎とそなたのためになることじゃ。そなたらの味方は信一郎の姉の汀女とそれがしだけじゃ、よいな」

おみねが首をがくがくと振った。

幹次郎が長屋に戻ると、徹夜で起きていた汀女がほっと安堵の吐息を漏らした。

「心配かけたな」

「もう戻ってこられぬかと思いましたぞ」

汀女がそう言うと幹次郎に熱い茶を淹《い》れてくれた。

茶を喫した幹次郎は、小田原宿で甚吉に出会った経緯から、吉原を訪ねておみねに聞いた話までを告げた。

「なんと幹どのは、私に内緒ごとを」

「甚吉と会ったことを話せば、そなたは江戸行きには反対であったろうが」

「小田原を急に発って江戸に行きたいと言われるゆえにな、おかしいとは思っておりました」

と汀女は暗い顔をすると、

「江戸に入れば恐ろしいことが起こるような気がしましてな」

と水戸で入手した信一郎の文の一件を幹次郎に語った。

おみねが「姉さんに文を書き残そうとしたことがばれたんだって」と漏らした言葉の意を、そのとき、幹次郎は悟った。

「これでおあいこです」

「そう、帳消しじゃ」

「おみね様とはどのような女子《おなご》です」

「あのような身に落ちたとはいえ、まだ純な気持ちを残しておる。それにな、そなたにな、どこか面立ちが似た娘であったわ」

「いかような曰《いわ》くからそのような場所に身を落とされたか」

「上総《かずさ》の生まれらしい。先ごろの飢饉のせいでな、村を出ざるを得なかったとか。そんな女子が遊里《ゆうり》にはたくさんおるそうな」

「信一郎はおみね様のもとに姿を見せましょうか」

「ふたりは惚れ合《お》うておる。間違いなく見せるな、そう遠い日のことではあるまい」

「待ちましょう。その日を」

汀女は決然と言った。

二

天明五年師走《しわす》九日、江戸に大雪が降り積もった。

五つ（午後八時）、幹次郎と汀女の住む長屋の腰高障子が叩かれた。すでに長屋は寝静まっていた。

幹次郎は枕元の大刀を引き寄せると、片膝をついてどなたかと問うた。

「こちらによ、神守幹次郎って侍が住んでいなさるかい」

「それがしが神守じゃが」

幹次郎は狭い三和土《たたき》に下りた。

汀女も寝床に正座して素早く身仕度を整えていた。

「吉原のよ、女から使いを頼まれたんで」

幹次郎は引き戸の心張棒《しんばりぼう》を外した。

表には頬被りの頭に雪を載せた職人風の男が立っていた。

「入ってくれ」

「仕事の帰りだ。早く帰ってさ、一杯やりたいのさ」

男は懐から結び文《ぶみ》を渡した。

「幹どの、これを」

汀女が一朱金を幹次郎に渡し、幹次郎は些少《さしょう》じゃがと男の手に渡した。

「すまねえ。三日ばかり前に、おれの馴染の女にさ、朋輩の使いを頼まれてくれって、文を懐に入れられたんだが、なにしろここんとこ仕事が立て込んでな、今晩になっちまったんで」

男は遅くなった言いわけをすると雪の中に消えていった。

灯芯をかきたてた行灯の明かりの下で結び文を開けた。金釘《かなくぎ》の字が連《つら》ねてあった。

〈かみもりさま　ていじょさま　ふちゅうじゅくのしんさまよりしらせあり。ちかぢかえどへはいるとのたより……〉

幹次郎は汀女に文を渡し、外出の仕度を始めた。

「信一郎が無事に江戸に辿りつけばよいが」

「吉原に参られるか」

「文があの者の懐にな、三日もあったことになる。そこが気になるでな」

「私も行きとうございます」

女が訪ねる場所ではない。が、汀女の気持ちも理解ができた。

「足ごしらえを厳重にな」

「能登や津軽の雪を思えばなにごとがありましょうや」

幹次郎と汀女は北国の冬の旅を経験してきたのだ。

綿入れを着ると一文字傘の紐を顎《あご》にしっかりとかけた。

長屋の路地には三寸（約九センチ）ほど積もっていた。

唐傘をすぼめて向柳原《むこうやなぎわら》を神田川《かんだがわ》に沿って歩き出した。が、横殴りの雪とべたつく積雪になかなか前へと進めない。新《あたら》シ橋の橋際まで来たが、にっちもさっちも動きが取れなくなった。

「姉様、どうするな」

と幹次郎が言ったとき、橋際に舫《もや》う苫舟《とまぶね》の灯りを見た。

「あれに頼んでみよう」

帰り仕度をする船頭に吉原まで行ってくれまいかと頼んでみた。ふたりの風体《ふうてい》を見た船頭は、粋な話じゃなさそうだなと呟いた。

「人ひとりの命に関わることじゃ」

「一分と言いてえが足元を見るようで悪いや。帰り舟だ、今戸橋《いまどばし》までなら二朱でいいぜ」

「今戸橋から吉原は近いか」

「山谷堀《さんやぼり》の土手《どて》八丁《はっちょう》を上がれば吉原の入り口だ」

「頼む」

船頭に二朱を握らせて幹次郎と汀女が乗ると、苫舟は雪の神田川を下り始めた。

雪を払い、苫屋根の下に入ると火鉢が用意してある。寒さにかじかんだ手を温めた。

「助かった」

汀女の顔も寒さに強張《こわば》っていた。

苫舟は神田川を下って柳橋《やなぎばし》の先で大川《おおかわ》（隅田川《すみだがわ》）に出た。幸いなことに南西の風を艫《とも》に受けて大川を一気に上がり、竹屋《たけや》の渡し近くの中洲が白く染まっているのを見て、山谷堀に入った。

船頭は今戸橋を越えて、新鳥越橋《しんとりごえばし》までつけてくれた。

「お侍、ご新造《しんぞ》さん、ここからは土手八丁を行けば、吉原の大門だ。気をつけて行きねえ」

幹次郎と汀女を橋際に上げた苫舟は、ふたりの礼の言葉を背に受けて雪の向こうに溶け込んでいった。

横殴りの風と雪を体に受けて進むことになった。

浅草寺《せんそうじ》の鐘か、四つ（午後十時）の時鐘《ときのかね》が鳴りひびいた。

「姉様、急がねば……」

雪に向かって進むうちに風が熄《や》んだ。そして音もなく降っていた雪がぱたりと止《や》んだ。

「これでだいぶ楽になったな」

傘をすぼめて小脇に抱え、土手八丁と俗《ぞく》に呼ぶ日本堤《にほんづつみ》を進んだ。するとどこからともなく尖《とが》った叫び声が響いてきた。

「足抜《あしぬき》だ。女も男もこっちにもらうぜ」

「いや、その者は豊後岡藩中川修理大夫様関わりの者じゃ。女ともども屋敷に連れ帰り、吟味《ぎんみ》いたす」

白い闇を透かし見ると山谷堀の前方に町人らと武士たち、十数人が睨み合っていた。

町人の半纏《はんてん》には吉原会所《かいしょ》の文字が染め出されてある。

武士の一団は藤村壮五郎、肥後貫平、さらにふたりの連れの他に岡藩の家臣までいた。

その足元には若い男と女がへたり込んでいた。

（しまった）

信一郎は強引にもおみねを吉原の外に連れ出したか。それを見張っていたのがどうやら岡藩の者らしい。

「藩の名など出すとあとあと厄介《やっかい》ですぜ。それよりこっちに素直に渡しねえな、それが吉原の定法《じょうほう》だ」

三十前後の苦み走った会所の衆が言った。

「下郎、四の五の抜かすな」

と叫んだのは荒んだ風貌に変わった肥後貫平だ。

日田往還の対決以来、十年ぶりの出会いになる。

片腕の藤村壮五郎の顔はさらに黒々とした憎しみに彩られていた。十年の旅暮らしはふたりを過酷に老いさせている。

「信一郎！」

汀女が叫んだ。へたり込んでいた若い男がこちらに疲れた視線を向けた。

「姉様……」

振り向いた藤村壮五郎と肥後貫平の顔に驚愕の色が浮かんだ。

幹次郎らと藤村らの間はまだ十数間（約二、三十メートル）と離れていた。

雪がふたたび蕭々《しょうしょう》と降り始め、重い沈黙が支配した。

「汀女……」

「うぬは神守幹次郎！」

男たちの注意が幹次郎と汀女に集まった。

おみねの手を引いた信一郎が土手を走り出したのはそのときだ。

「野郎、逃しっこねえぜ」

吉原の男たちが行動を起こす前に蛇貫が動いた。

赤い長襦袢の裾を引いてよろめき走るおみねと雪まみれの信一郎の背に追いすがるや、抜き打ちを浴びせかけた。

赤い血が白い闇に飛んで、ふたりが倒れた。

「信一郎！」

汀女の悲しげな叫びが日本堤にこだました。

「さんぴん、吉原の法を破りやがったな」

男たちが蛇貫を囲んだ。

懐から匕首《あいくち》を出したひとりが剽悍《ひょうかん》にもぶつかっていった。

蛇貫が半身に開くと男の攻撃を躱《かわ》しておいて、その背に凄《すさ》まじい斬撃を送った。

背を深々と割られた男が血を雪の上に振り撒いて、顔から突っ伏すように転がった。

「野郎、やりやがったな」

仲間を傷つけられた男たちが一気に蛇貫に襲いかかろうとした。

「待て！　こやつはただ者ではないぞ」

神守幹次郎は男たちと蛇貫の間に割って入った。すべて争いの因は十年も前の岡藩の出来事に由来していた。

汀女が信一郎とおみねの傍らにへたり込んだのをちらりと見た幹次郎が、

「肥後貫平、それがしが相手しよう」

幹次郎は雪が積もった一文字傘を脱ぐと、無銘ながら大業物《おおわざもの》の二尺七寸を抜いた。

「藤村壮五郎、十年の決着、江戸の山谷堀でつけるぜ」

蛇貫が年上の壮五郎に言い、壮五郎も残った片腕で剣を抜いた。従者も一斉に刀を抜いた。

思わぬ展開に男たちが後退した。

「妻仇討、覚悟せよ」

壮五郎の暗い顔が言った。

五人の輪が狭《せば》まった。

神守幹次郎はゆっくりと豪刀を背に立てた。

その瞬間、

「待て、待ちねえ」

と、初老の人物を先頭に吉原から繰り出された新手《あらて》の男たちが騒乱の場に走り寄ってきた。

「まずい。ここは引き揚げじゃ」

藩邸の者が、蛇貫に命じた。

「神守、近々決着をつけに行く！」

蛇貫が幹次郎に捨て台詞《ぜりふ》を残して、

「汀女……」

と未練がましく女房に視線を移した藤村を引きずるように土手八丁を隅田川に向かって走り、その後を吉原の男たちが追っていった。


吉原大門を潜ると右手の塀際に廓《くるわ》を取り締まる四郎兵衛《しろべえ》会所があった。その裏土間に敷かれた莚《むしろ》の上に信一郎とおみねの亡骸《なきがら》が二体並べられ、枕辺には線香の煙がくゆっていた。

信一郎は旅の歳月を思わせる古びた羽織と道中袴姿だ。髪が乱れて額にへばりついたおみねには白の打掛が掛けられてあった。

「お待たせしましたな」

四郎兵衛が神守幹次郎と汀女の前に姿を見せた。

信一郎とおみねが雪を朱に染めて倒れる場に駆けつけてきた初老の人物は、吉原会所の主、四郎兵衛だった。

日本堤で、四郎兵衛は逃走する藤村壮五郎らとそれを追う手下たちに視線を向けていたが、倒れ伏す男女に目を戻し、幹次郎と汀女に訊いた。

「この者たちの縁者ですかな」

「さようにございます」

「なんぞ子細がありそうな」

と呟いた四郎兵衛は、事情を聞かせてくれまいかとふたりに廓内までの同行を頼んだのだ。

戸板に載せられた亡骸に従い、幹次郎と汀女は大門を潜って会所に案内された。

そこで熱い茶を供された。

「お侍、ご新造、吉原ってところは東照神君《とうしょうしんくん》公以来の公認の遊里でな、ここだけの決まりがあります。足抜は一番始末に悪い」

教え諭《さと》すように四郎兵衛は言った。

幹次郎は、

「この男はそれがしの連れ合いの弟、われらが昔の行状に巻き込まれた末の罪にござる。子細を話すゆえ聞いてもらえまするか」

藩の名は伏せた以外は自分たちの流浪の歳月のすべてを四郎兵衛に語った。

「不義密通は御家の御法度《ごはっと》とはいえ、なんとまあ苦労をなさりましたな」

とふたりを労《ねぎら》った四郎兵衛は、この始末少々時間がかかるが、待ってもらうことになりますよと座を立った。

茶屋の奉公人と思える女が呼ばれ、ふたつの亡骸は死に装束に着替えさせられた。

酒と朝餉《あさげ》が幹次郎らに供された。二刻（四時間）ほど中座した四郎兵衛が立ち戻ると、

「残念ながらな、岡藩の者たち、取り逃がしてしまいました」

と藤村壮五郎たちが山谷堀に用意した舟で逃亡したことを告げた。

「だが心配なさるな。女郎とお侍を殺し、男衆《おとこし》のひとりに傷を負わせた馬鹿どもは藩名を名乗ってしまった。足抜も悪いが女郎を理由《わけ》もなく斬り殺されたのじゃ、吉原の面目が立ちません。中川修理大夫様は家臣を一人ふたり切腹させたうえに高い始末料を払うことになります」

幕府公許《こうきょ》の遊里は幹次郎らが窺い知れぬ力を秘めているようだ。

「われらの始末はいかがなろうか」

「弟御の無法を心配されて駆けつけられたまでだ。吉原はあなた方とは関わりがない」

四郎兵衛は薄く笑い、

「ご新造」

と汀女を見た。

「もはやあなた方は逃げ隠れすることもありません。岡藩は十年も前の不義の始末をまともにできないばかりか、この遊里で事件を引き起こしました。吉原は肥後貫平らの捕縛を町奉行所に訴えましたでな、岡藩としては肥後とか申す侍を江戸の外に逃がして、藩とは無縁の者と言い張るしかありますまい。あとは吉原と岡藩の力比べでございますよ」

幹次郎と汀女の逃避行は思いがけない決着を迎えようとしていた。

「では信一郎の亡骸を引き取ってよろしいのか」

四郎兵衛が頷き、訊いた。

「この江戸に菩提寺《ぼだいじ》でもありますのか」

首を振る幹次郎に、

「おみねを足抜させるほど惚れ合った信一郎様です。この世で結ばれなかった恋路の果て、ふたりをいっしょの寺に葬ってあの世に旅立たせてはいかがです」

汀女が床板に頭を擦《す》りつけた。

「お願い申します」

吉原の顔役に願った。

おみねと信一郎は二代目高尾太夫《たかおだゆう》、仙台高尾が葬られている浅草山谷町春慶院《しゅんけいいん》の無縁墓地に埋葬された。すべての始末が終わったとき、幹次郎と汀女は四郎兵衛に改めて礼を述べて言った。

「ふたりして信一郎とおみねの菩提を弔《とむら》いながら江戸の片隅に暮らします。それもこれも四郎兵衛様のおかげじゃ」

それはなによりと笑った四郎兵衛が付け加えた。

「肥後貫平が江戸に舞い戻ってくるようなことがあれば、この四郎兵衛にお知らせ願いたい。遊女ひとり斬り殺されたことを吉原は決して忘れはしませんでな」

追い詰められた藤村壮五郎と蛇貫こと肥後貫平が長屋を襲わないともかぎらな

い。

幹次郎と汀女は用心を怠らなかった。だが、事件の推移は四郎兵衛の読んだとおりになった。

藤村らに同道していた岡藩の徒士組《かちぐみ》小頭託間繁光《たくましげみつ》が切腹し、岡藩から吉原にかなりの始末料が支払われたとか。また藤村と肥後のふたりは事件のあった翌日には江戸から密《ひそ》かに退去させられていた。

吉原に一方的に有利に決着したのは、この秋に起こった出来事が微妙に関係していた。

旗本寄合《はたもとよりあい》五千石藤枝外記《ふじえだげき》が吉原の大菱屋《おおびしや》の抱え遊女綾衣《あやぎぬ》と雨の箕輪《みのわ》で相対死《あいたいじ》にした事件だ。藤枝は廓通いを咎《とが》められ、甲府勤番に山流しにされたことを悲観、馴染の綾衣と心中立《しんじゅうだ》てをした。

幕府は藤枝家のお取り潰しを決めた。巷《ちまた》では、

「君と寝ようか五千石とろか、何の五千石、君と寝よ」

と歌われたほどの艶聞《えんぶん》だ。

その数月後に起こった足抜事件の始末は岡藩に厳しいものとなった。

三

天明六年（一七八六）の正月を幹次郎と汀女は、信一郎とおみねの菩提を弔いながら、神田佐久間町の裏長屋で静かに過ごした。七草粥《ななくさがゆ》の春菜《はるな》が八百屋の店先に並ぶ日、汀女が困った顔で言い出した。

「幹どの……」

「どうしたな」

「米が尽きまする」

「師走から仕事もしておらぬでな」

米どころか油も味噌も底を尽きかけていた。

「あと何日もつな」

「粥にしても二、三日」

と汀女は答えたが、野菜屑《くず》を刻み入れた粥は年の瀬からのことだ。

「仕事を精出して探そうか」

その日の昼下がり、浅草蔵前《くらまえ》にある口入屋大和屋《くちいれややまとや》に顔を出した。これまでも日雇い仕事を紹介されていた。主の常蔵《つねぞう》は初老のひょろりとした男で、いつも口の中に飴玉《あめだま》を頬張っていた。

「正月はどう過ごされましたな」

「どうもこうもない。夫婦ふたり粥を啜《すす》っておった」

「それはどうも……」

常蔵は気の毒そうな顔をすると一応帳簿を繰って幹次郎に期待を持たせた。

「神守様は算盤《そろばん》帳付けはだめと……」

と独り言のように言った常蔵は顔を上げ、

「神守様、このご時世だ。川浚《さら》えの仕事もございませぬな」

と机の帳簿を閉じた。

老中田沼意次《たぬまおきつぐ》の賄賂《まいない》政治は末期的な症状を見せていた。経済活動は停滞して、上は柳営《りゅうえい》の大名方から下は長屋暮らしの庶民まで不平不満が溜まりに溜まっていた。

「明日にも顔を出してみよう」

「なんぞあればとっておきますでな」

幹次郎は肩を落として蔵前通りに出た。この界隈《かいわい》は札差《ふださし》が軒を連ねる一帯だが、どことなく繁盛している様子がない。

幹次郎はそれでも口入屋を四、五軒当たってみた。が、どこもけんもほろろに断られ、雇い口などない。中には暇に飽かして訊く口入屋の番頭もいた。

「お侍、なんぞ得意なことはございますかな」

「少々剣術が使える」

「ヤットウですかえ、そんなものは特技には入りませんぜ。まだね、三味線《しやみせん》が弾《ひ》ける、踊りが踊れるほうが潰しがきく」

一蹴されて追い出しを食らうのが関の山だ。

幹次郎は翌日もその翌日も神田界隈を中心に仕事を求めて足を棒にした。もはや粥にする米もない。

（あとは道場破りか……）

ちらりと四谷御門外麹町の山形右京大夫道場で道場破りをした光景が脳裏に浮かんだ。

幹次郎と立ち合った師範の石倉傀多の肩は元通りに治癒《ちゆ》したとは思えない。道場破りでの木刀試合ともなれば幹次郎が傷を負うか、相手に怪我をさせるか、危険が伴った。だが、座していれば汀女とふたり餓死するしか途はない。

気がつくと浅草橋の袂《たもと》に佇《たたず》んでいた。

暮色《ぼしょく》が神田川一帯を覆っていた。

腹を空《す》かして長屋に戻って汀女に会うのは辛かった。顔を合わせるのをできるだけ後にしたい。幹次郎は蔵前通りを浅草寺の方角へとぼとぼ歩いていた。

口入屋の大和屋の前を通りかかると常蔵が暖簾を軒から外そうとしていた。すでに朝方に訪ねた大和屋だ。

幹次郎は常蔵に声をかける勇気も湧かず、ただその動きを眺めた。

ふいに常蔵が通りの幹次郎を顧《かえり》みた。

「神守様ではありませぬか」

「前を通りかかったでな、挨拶をしようかどうか迷っておった」

「お入りなさい」

長身を猫背にした常蔵が手招きした。

茶でも馳走《ちそう》しようというのか。

幹次郎はふらふらと暖簾が下ろされた大和屋に入った。間口三間（約五・五メートル）の三和土に炭俵が積んであった。

（もはや暖をとる炭もないな）

幹次郎は上がり框にどさりと腰を落とした。

「お疲れの様子でございますな」

「仕事を探して江戸じゅうを歩いたでな」

さようでしたかと答えた常蔵はふいに帳簿を引き寄せ、

「お待たせしましたな」

と言った。

「し、仕事があったか」

「神守様、こっちの腕はたしかでしたな」

常蔵は両手で帳簿を抱え、上下に振ってみせた。

「人並みには使える」

「ならば、ひとつだけございます」

「仕事はなにか」

と反射的に訊いた幹次郎は慌てて言い直した。

「いや、選んでおる余裕はない」

と常蔵のほうに腰を寄せた。

「道場破りにございます」

幹次郎はぽかんとした顔で常蔵を見た。

「江戸では道場破りの仕事があるのか」

「私も初めての依頼にございます。なにしろ道場破りとなると危険が伴う。客が怪我でもしたら私も寝覚めが悪い」

と言った常蔵はどうなさいますなという風に幹次郎の顔を見た。

「背に腹は替えられぬ」

「道場破りに成功すれば五両。失敗すれば治療代として一両」

「なんぞ曰くがあるのか」

「ございます。ですが、雇い主が直接雇い人に申し上げるそうにございます」

「やろう」

幹次郎は腹から声を絞り上げた。

「明日八つ半（午後三時）にうちに来ていただけますか」

「畏《かしこ》まった」

幹次郎が立ちかけると常蔵が思いがけないことを言った。

「前渡し金にございます」

一両が差し出された。

「むろん報酬から差し引かれます。よろしいですな」

幹次郎は両手で押し頂いて、助かったと呟いていた。

神田佐久間町の米屋、魚屋、八百屋、味噌醤油屋、燃料屋などを回って茂三長屋に戻ると、汀女が暗い部屋でぽつねんと待っていた。

「姉様、仕事が見つかったぞ」

幹次郎は両手に提《さ》げていた買い物を振ってみせた。

「油も買ってきたでな、明かりを点《とも》そうぞ」

汀女が涙ぐんだ顔を手で覆い、

「幹どの、今、夕餉《ゆうげ》の仕度をしますでな」

と明るく応じた。


翌日の昼下がり、口入屋の大和屋を訪ねると、商家の番頭然とした男が幹次郎を待っていた。

「この方が神守幹次郎様で」

「へえ、この方です」

常蔵はそう答えると、幹次郎に常陸屋《ひたちや》の仙右衛門《せんえもん》様ですとだけ紹介した。

「ならば出かけますかな」

仙右衛門は幹次郎を伴うと蔵前通りから御米蔵が並ぶ中之御門《なかのごもん》を潜り、五番蔵に沿って首尾《しゅび》の松《まつ》まで歩いた。大川の岸辺に猪牙舟《ちょき》が待っており、ふたりを乗せると流れに出された。

「仙右衛門どの、仕事は道場破りと聞いたがしかとさようか」

「さようでございます」

「子細を聞かせてくれぬか」

「子細次第ではお断りなさいますか」

「それができぬ。前払い金に手をつけたでな」

「ならば仕事をし遂げることです」

そう言った仙右衛門は腰の煙草入れから煙管を出して火口《ほくち》に刻み煙草を詰めた。

船上にいい香りが漂った。一服した仙右衛門が、

「神守様、大川を上流に上がったところに浅草橋場町《はしばちょう》というところがございます。ご存じですかな」

「いや、知らぬ」

「江戸の大店《おおだな》の寮《りょう》や別邸が集まる一帯でございましてな、のどかなところにご

ざいます。今から半年ばかり前、橋場町にうろんな浪人者どもが百姓家を借りて、野天《のてん》の道場を開きました。頭領《とうりょう》は熊坂玄碼《くまさかげんば》と名乗る剣客でして、三十五、六の者にございます。橋場町に道場の看板を掲げても弟子は集まりませぬ、なあにお上《かみ》を欺《あざむ》く隠れ蓑《みの》にございますよ。道場に集まる者どもが近所の寮や別邸に押しかけ、強請《ゆすり》まがいに金をねだる。みかじめ料と称して銭をたかる。女衆《おんなし》だけの寮には深夜に押しかけて体まで凌辱《りょうじょく》するという手のつけられない有様……」

仙右衛門は幹次郎の表情を窺うと言葉を継いだ。

「そこで寮や別邸の旦那衆が集まりましてな、熊坂一味を橋場界隈から追い出そうということになりました」

「熊坂の他は何人ほどにござるか」

「この刻限、十数人の者たちが集まって庭先で打ち合いをやっております。ですが、腕の立つ者は熊坂とあと数人にございましょう」

仙右衛門は平然と言った。

「十余人を相手にそれがし一人《いちにん》で戦うのか」

「臆されましたか、神守様」

大店の旦那衆が乱暴者の追い出しを考えたにしては成功報酬五両とはえらくみ

みっちいなと幹次郎は思った。が、口にしなかった。前払い金に手をかけた身では文句のつけようもない。

「承《うけたまわ》った」

仙右衛門がにっこりと笑った。

熊坂の野天の道場があるという橋場町は山谷堀をさらに上流に上がった白鬚《しらひげ》の渡しと橋場の渡しの中間辺りにあった。

猪牙舟をどこぞの別邸の船着場に着けさせた仙右衛門は、梅林と竹藪《たけやぶ》の間を延びる小道に幹次郎を案内した。

ひなびた野趣《やしゅ》の中に贅《ぜい》を尽くした寮が並んでいた。そんな辺りの雰囲気を壊して木剣の打ち合わされる音と野太い声が響いてきた。

「神守様、ここからはおひとりでようございますか」

仙右衛門が足を止めた。

幹次郎は黙って頷くと野天の道場に向かった。

壊れかけた長屋門を潜ると、古びた茅葺《かやぶ》きの屋敷の前庭で十数人の浪人たちが裸足《はだし》に袴をからげた姿で打ち合い稽古をしていた。

「お頼み申す」

幹次郎の声に浪人たちの稽古がふいにやんだ。

「なんじゃ、そなたは」

額に革帯《かくたい》で鉢巻きをした髭面《ひげづら》が幹次郎を睨んだ。

「熊坂玄碼どのに一手ご指南をお願いしたい」

「弟子入りならば、入門料二分の持ち合わせがあるか」

「いえ」

「まさか道場破りではあるまいな」

「道場破りにござる」

「なにっ！」

浪人たちが殺気立った。その者たちの間を割ってひとりの剣客が姿を見せた。

背丈は幹次郎よりも低かった。五尺七、八寸（約百七十六センチ）か。だが、筋肉質の体はどっしりと腰が安定して、隙がない。全身から荒んだ暮らしと血の臭いが漂ってきた。いかにも人の迷惑の上に身過《みす》ぎを立ててきた人物であった。

「熊坂玄碼どのか」

いかにも、と胸を張った熊坂が訊いた。

「負けた折り、なんぞ支払うものを持参したか」

「命しかございませぬ」

「おれになんぞ遺恨《いこん》があってのことか」

「遺恨はござらぬ。そなた様らをこの地より追放するのに雇われたまで。悪戯《いたずら》が過ぎたようにござるな」

「なにっ！　この土地の者どもが痩せ浪人を雇ったか」

そう言った熊坂は、

「木杉《きすぎ》、相手せえ」

と革帯鉢巻きの浪人に命じた。

「それがしの相手は熊坂玄碼ひとり……」

幹次郎は、熊坂が逃れられぬように無銘の豪剣を抜いた。

二尺七寸の長剣を見た熊坂が、

「だれぞ、おれの差《さ》し料《りょう》を持て！」

と叫ぶと、若い浪人が百姓家に走り戻り、拵《こしら》えの立派な黒鞘の大小を持ってきた。

「各々方、真剣勝負を見る機会もあるまい。とくとな、呼吸を見ておけ」

熊坂は余裕を見せて、腰の帯に差し料を差した。

「待たせたな」

幹次郎は草鞋を脱ぎ、足裏に地面を馴染ませた。

熊坂は黒足袋《たび》を穿《は》き、雪駄《せった》を履いていた。

「参る！」

幹次郎は二尺七寸の業物を右肩前に立てた。右蜻蜓だ。

熊坂は凝った銀象眼《ぞうがん》の丸鍔《まるつば》の嵌まった剣を脇構えにつけた。

両者の間合はおよそ三間、

「若造、そなたの流儀は」

「自得ながら薩摩示現流」

「なにっ、示現……」

と言いかけた熊坂の言葉を圧して、

「けえっ！」

怪鳥の気合いが幹次郎の口から漏れた。

空気が慄《ふる》え、戦機が一気に満ちた。

腰を沈めた幹次郎は突進した。

朝に三千回夕べに八千回、と椎の立ち木に飛び上がって打ち込んできた迅速強打の打撃が無銘の刀に乗り移り、熊坂玄碼の眉間に叩き込まれた。

熊坂は脇構えの剣を振り上げ、幹次郎の雪崩《なだ》れ落ちてくる瞬息《しゅんそく》の剣に対抗しようとした。

キーン！

辺りに刃がぶつかって折れる音が響き渡り、熊坂の刃が宙にきらめいて飛んだ。

二尺七寸の剣は速さを増して熊坂の眉間に吸い込まれた。

その場にいた弟子たちは熊坂玄碼の頭部がまっぷたつに割れて、顔の中央が両断されて胸下まで断ち割られた光景をおぞ気《け》をふるって目撃した。

どさり！

朽ち木が倒れるように横倒しになった熊坂の上体から血が噴き出して、地面にじわりと広がった。

「師匠の仇を討ちたい者はおるか」

血に濡れた豪剣の切っ先がゆっくり回転して相手を探した。

「木杉、そなたはどうか」

髭面はがたがたと体を震わしていたが、首を横に激しく振った。

「同輩の方々はどうか。ご不満なればそれがしお相手仕る」

だれもが立ち竦んで満足に答えられなかった。

「熊坂玄碼の始末はそれがしが行う。そなたらは即刻、橋場から立ち退かれえ」

潮が引くように血の臭いが広がる庭先から人影が消えていた。

どこで見ていたか、青い顔に緊迫をとどめた仙右衛門が姿を見せた。

四

報酬の四両で幹次郎と汀女は、なんとか息を継いだ。

「姉様、明日は信一郎の四十九日、春慶院にお参りにまいろうぞ」

夜、床に入った幹次郎が言い出し、汀女も賛成した。

「仲春《ちゅうしゅん》ともなれば川浚えの仕事もあろう」

汀女も神田界隈の呉服屋や洗張屋《あらいはりや》を回り、仕立て仕事を回してくれるよう頼んで回っていたがなかなかなかった。幹次郎が稼いだ四両がいつまでもあるわけではない。ふたりでなんとかしのぎの途を考えねば、また腹を空かせる日々を迎えることになる。

「子供に読み書きを教えようにもこのお長屋では……」

汀女が九尺二間《くしやくにけん》の長屋の狭さを嘆いた。

「姉様、いろいろと悩んでも仕方がない」

そう言いながらも幹次郎の脳裏に藤村壮五郎らが妻仇討を諦《あきら》めたかどうかの不安が生じた。

封建制度下の武士が藩から許しを受けた妻仇討だ。藤村も肥後貫平も幹次郎と汀女を討ち果たさない限り岡藩への帰参の望みは適わないだろう。となればいずれふたりの周辺に立ち現われると考えたほうがいい。

(刀を研《と》ぎに出したいものじゃ)

と思った。が、暮らしを考えれば研ぎ料など出せないのも分かっていた。

(なんとかなろう、なんとかせねば……)

幹次郎は眠りに落ちた。


吉原の二代目高尾太夫が葬られている春慶院は山谷堀の東にあった。

この日の昼前、神田佐久間町の茂三長屋を出たふたりは蔵前通りを東に進み、浅草聖天町《しようでんちよう》浅草寺領の間を抜けて新鳥越橋を渡った。

「姉様、帰りにな、浅草寺にお参りしていこうか」

夫婦が肩を並べて、江戸の町をのんびりと歩いたことなどない。竹田を出て以来、いつも追っ手を気にかける旅であった。

「信一郎が初めて自ら選んだ途が遊女の足抜とは」

汀女が月光山覚道寺春慶院の山門の前で嘆いた。

「惚れ合ったふたり、今ごろ蓮《はす》の台《うてな》でのんびり過ごしていよう」

「あの世とやらが真《まこと》にあるものでしょうか」

汀女が疑念の言葉を漏らし、石段に足をかけた。

信一郎とおみねの卒塔婆《そとば》の前には凜《りん》とした白梅紅梅が供《そな》えられていた。

江戸の町ではまだ梅が開いたなど聞いたことがない。どこぞからわざわざ取り寄せた梅であろう。

幹次郎にも汀女にもそれがだれの行為かおぼろに察しがついた。

すでに清められた墓前に香華《こうげ》を手向《たむ》けてあの世とやらでの若いふたりの幸せを祈った。

幹次郎が立ち上がったとき、小坊主が現われ、

「神守幹次郎様に汀女様でございますか」

「いかにも」

「ご案内致します」

幹次郎と汀女はすでに歩き出していた小坊主に黙って従った。

春慶院の離れに待っていたのは吉原の顔役四郎兵衛であった。信一郎には江戸に知り合いなどない。夫婦には予測されたことだ。

「よう参られましたな」

「過日はお世話になりました」

ふたりは四郎兵衛の前に平伏《へいふく》した。

「頭を上げてくだされ。そなた方と斎《とき》など一緒にと思うて待っておりました」

廊下に人の気配がして盆に酒器や盃《さかずき》を載せた男が入ってきた。

壮年の男は幹次郎に会釈して、四郎兵衛と幹次郎らの間に盆を置いた。

男は幹次郎に道場破りを頼んだ仙右衛門であった。

「神守様と仙右衛門はすでに知り合いでしたな」

四郎兵衛が平然と言った。

「先頃の仕事は四郎兵衛様の指図《さしず》にございますか」

「すまぬ。腹を立てんでくだされ」

「腹を立てるもなにもわれらふたり、あの金にて今日まで命を長らえました」

汀女は会話を聞いておよその様子を察した。

「熊坂玄碼と申す者、橋場の寮の女中を騙して吉原に売る女衒《ぜげん》まがいの所業も重ねておりましてな、そなたに頼んで始末してもらいました。この世にいては町衆が迷惑する人物……」

あの日、幹次郎が斃《たお》した熊坂の死体を片づけたのは仙右衛門の手下たちであった。

「なにか子細あってわれらに仕事を与えてくださったのでございますか」

もはや四郎兵衛がふたりを斎をともにするために待ち受けていたわけではないと幹次郎も汀女も察しがついた。

「そなたら夫婦を吉原は欲《ほっ》しております」

幹次郎は四郎兵衛を正視し、汀女に視線を移した。

「幹どの、四郎兵衛様のお話を伺いましょうぞ」

汀女が静かに言い、幹次郎は頷いた。

「おふたりがあの日、会所で話されたこと、逐一《ちくいち》調べさせてもらいました。その上で仙右衛門に仕事を頼むように命じました」

「道場破りはそれがしの腕試しにございますか」

　さよう、と答えた四郎兵衛は仙右衛門に目で合図した。すると仙右衛門が白磁《はくじ》の酒器から三つの盃に酒を注いだ。

「話が長くなります」

　盃を手にするように幹次郎と汀女に命じた四郎兵衛は自らも手にした。そして舌先を湿《しめ》らすように酒を啜った。

　ふたりも酒に口をつけ、自分たちの前に盃を置いた。

「吉原のこと、おふたりは詳しゅうありませぬな」

　幹次郎が頷いた。

「そもそも吉原は、庄司甚右衛門《しょうじじんえもん》が幕府に願って、元和《げんな》四年（一六一八）、江戸の日本橋《にほんばし》に傾城町《けいせいまち》を集めたのを始まりといたします。そのとき、甚右衛門の建言《けんげん》三か条に幕府は賛同し、公許を与える理由としたのです……」
一　良家の子弟などが父や主の目を盗んで遊蕩《ゆうとう》する折り、取締りに便なる事
一　良家の子女が拘引《かどわか》されて遊女に売られることを防ぐ手段となる事
一　関ケ原で大坂方に与《くみ》した残党未だ多く、その捕縛取締りに便なる事
「庄司甚右衛門は、日本橋葺屋町《ふきやちょう》の外れに広がる葭《よし》の湿地を埋め立て、吉原遊廓としました。ですがな、四十年後の明暦《めいれき》の大火（一六五七）で江戸の大半が延

焼した前後のこと、幕府は町中の遊里を浅草寺裏の田圃《たんぼ》の一角に移して、昼夜の営業を許すことになったのです」

日本堤の新吉原は京間《きようま》で縦百三十五間横百八十間、四周に堀を巡らした二万七百六十七坪に仲之町《なかのちよう》の大通りが抜けて、この通りの左右に客を妓楼《ぎろう》へ斡旋《あっせん》する引手茶屋《ひきてぢやや》が並んでいた。

仲之町の左右に江戸町《えどちよう》一丁目、江戸町二丁目、角町、京町《きようまち》一丁目、京町二丁目、揚屋町《あげやまち》、伏見町《ふしみちよう》と、俗にいう五丁町が広がっていた。そこには大籬《おおまがき》（大見《おおみ》世《せ》）、半籬《はんまがき》（中《ちゆう》見世）、総半籬《そうはんまがき》（小《こ》見世）と大小の妓楼が軒を連ね、遊女三千余人が妍《けん》を競っていた。

「神守様、汀女様、吉原は幕府の公許の遊里ゆえ、町奉行所のお支配を受けております。大門の左脇には面番所《めんばんしよ》がございまして、出入りする客や足抜をしようとする遊女たちを見張っております。また面番所には町奉行所から隠密廻り同心が昼夜交替にて出張《でば》られております……」

四郎兵衛はひと息吐くように盃の酒を嘗めた。

「われらのご先祖は幕府の威《い》に従うために面番所に詰める隠密廻りの同心をついつい饗応《きようおう》して参りましてな、三度三度の食事は酒宴の膳を思わせる会席料理、紋日《もんび》ともなれば一人ひとりに二両二分の金子を贈り、勤務交替の折りには山谷堀から八丁堀まで出迎えをする仕来たりが続けられてきました。いえね、食事代や紋日の金子など吉原にとって大した散財じゃあございません。お役人が廓内の騒ぎや揉めごとを取り締まっていただく分にはでございますよ。ところが町方《まちかた》のお役人も太平の世に馴れて、武士の表芸の剣術もおろそかになさる。そのうえ、勤めは飽食のし放題、なんぞ騒ぎが起こっても近ごろでは、おまえらで鎮《しず》めろと動こうともなされませぬ」

四郎兵衛はひとつ息を吐いた。

「われらは塀に囲まれた吉原の廓独自の法にて町政を自ら行って参りました。元々四郎兵衛会所の由来は楼主《ろうしゆ》三浦屋《みうらや》四郎左衛門《しろうざえもん》の雇い人四郎兵衛が初代の会所の名主《なぬし》を務めてきたことに生じております。私は七代目会所頭取《とうどり》の四郎兵衛ということに相なります」

四郎兵衛はいわば吉原の町奉行職といえた。

「これにおる仙右衛門は会所頭取を補佐する番方《ばんかた》です。さらに番方の下には四郎兵衛会所の名入りの半纏を着た若衆《わかしゆう》がおりまする。おふたりはすでに日本堤で見かけておられますな」

幹次郎が小さく頷く。

「老中田沼意次様の賄賂政治も末、吉原にも腐敗した世相は影を落としております。女たちの意思に逆らって吉原に若い娘を売り飛ばす女衒ややくざ者、反対に遊女に足抜をさせようとする輩《やから》、年々増える一方にございますよ。私どもはこれらの揉めごとの処理に追われる日々を過ごしておりますがな、小さな揉めごとは私らでなんとでもなる。ですが、時折り、刃物三昧になることもある。そんなとき、神守様のような腕達者が控えておられると心強い……」

「それがしに吉原の用心棒になれと申されるか」

「さよう」

「おみねのように足抜をする遊女を止める仕事をせよと命じられるか」

はい、と四郎兵衛は平然と答えた。

「神守様、足抜は無知が犯す大罪にございます。信一郎様とおみねの例を持ち出すまでもなく、足抜の行く末はすべてが悲惨を極めます。うまく逃れたとしても日々追っ手の恐怖に怯えて暮らす日々、男は足手まといの女を私娼《ししょう》に叩き売って、吉原では考えもつかないひどい暮らしに耐えねばならないことになる。私が神守様と汀女様にお願いすることは遊女たちの暮らしを守っていただく仕事にございます。女郎たちには吉原以外に安穏《あんのん》な町はございません」

四郎兵衛は、遊女たちを守る仕事と言い切った。

「それがしは町奉行所の同心どのの代わりにござるか」

「さよう、役立たずの隠密廻り同心に代わって騒ぎを未然に防止する吉原同心に就任してほしいのです。さしずめ面番所の隠密同心が表同心なら、吉原同心は裏同心……」

「……裏同心」

幹次郎が呟く傍らから汀女が訊いた。

「私の務めは」

四郎兵衛は懐から書状を取り出した。それは信一郎が犯した罪と吉原が見せた温情に対して、汀女が書き送った詫びと深謝の文であった。

初雪を　白無垢に着て　永久《とわ》の旅……

ふたりの死を看取った幹次郎が長屋に戻って詠んだ句であった。四郎兵衛の口からそれが漏れた。

「汀女様、そなたは竹田を逃れて以来、句作はなさらぬと誓われたそうな」

「はい」

「じゃが心のうちで詠んでおられることも確かではございませぬか」

「………」

「この文の見事な筆跡といい、文章といい、吉原三千人の遊女にも見当たりませんし」

吉原の太夫ともなれば和歌、連歌、書道、茶道、香道、華道に通じ、琴、琵琶《びわ》を弾く者もいたという。

「そこでじゃ、そなたは遊女たちに文の書き方や俳諧を教えてはくれませぬか。女たちの心を豊かにし、平穏に暮らさせたいのです」

「それだけにございますか」

「それだけとはどういうことかな」

「幹次郎の耳目《じもく》になって手伝いをしろとおっしゃられているような気がしました」

「さすが私が見込んだ汀女様じゃ、飲み込みがお早い。そなた様が遊女たちと心を通じ合わせることができれば、女たちは悩みも打ち明けましょう。そんな話を聞いていただければ悲劇を未然に防ぐ手立てもできる」

「吉原裏同心とは夫婦一役にございますか」

「幹次郎様が手足なれば汀女様は耳目の役目……」

「四郎兵衛様」

と幹次郎が言いかけた。

「江戸町奉行の定法と吉原の廓法がぶつかった折り、それがしは吉原の廓法に従わねばなりませぬのか」

幹次郎の務める吉原裏同心は、お上の定法を破っても従わねばならぬのかと訊いた。

そういう場合もございましょう、と四郎兵衛は頷くと、

「意に反するとき、神守幹次郎様と汀女様の心持ちに従いなされ。四郎兵衛は信頼致します」

幹次郎と汀女は顔を見合わせた。

「報酬は年二十五両。長屋は会所が用意致します」

神田佐久間町の茂三長屋から吉原大門に近い浅草田町《たまち》の左兵衛《さへえ》長屋に幹次郎と

汀女は移り住んだ。

四郎兵衛がふたりのために用意したのは階下が六畳と板の間、二階に八畳と六畳があってふたりが暮らすには十分な広さであった。

汀女は吉原に五日に一度の割で通い、遊女たちに俳諧や和歌を教え、読み書きができぬ女郎にはいろはから手習いさせた。

幹次郎は口入屋に通い、日雇い仕事を見つける日々が続いた。吉原裏同心はあくまで陰の仕事、その日暮らしの浪人の姿を保つことにした。

ふたりは段々と浅草田町の左兵衛長屋の暮らしに慣れてきた。

「幹どの、太夫の中には、私のほうが教えられるほどの芸を持った方がおられます」

汀女は昼間の吉原通いを楽しんでいた。

天明六年の初夏、中間の足田甚吉が長屋を訪ねてきた。

幹次郎が縁側に置かれた朝顔の鉢植えを見ていたときだ。

甚吉は幹次郎と汀女に顔を合わせると、

「幹やん、姉様、駒助の一件じゃすまねえことをした」

と米搗《こめつ》きばったのように頭を下げた。

「甚吉、済んだことだ。それよりこの長屋がよう分かったな」

「大家の茂三さんに何度も幹やんと姉様とは友達じゃと説明してようやく教えてもろうた」

汀女がお茶を淹れ、甚吉に出した。

「江戸家老上村様の荷物運びで江戸に上がってきた」

上村寛左衛門《かんざえもん》は国許に戻っていたとみえる。

「甚吉どの、わが家はどうなっておりましょうか」

汀女がいちばん気になることを訊いた。

「母者も陽二郎どのも元気じゃ。長屋は出られたがな」

「われらのために追い出されたか」

「陽二郎どのは刀を捨てて城下の呉服屋に勤めておるわ。母者はひとりで玉来川岸の百姓家の納屋に住んでおられる」

汀女は老いた母の苦労を思い、涙した。

「蛇貫が吉原の女郎と信一郎どのを斬ったそうじゃな、竹田でもえらい評判になった」

「藤村様と肥後様は竹田に戻っておるのか」

「おお、江戸から早々に戻ってこられたわ。藤村様は城下外れに大きな家を構えられて金貸しを始められた。蛇貫は竹田に出たり入ったり、時折りな、藤村のところに金を無心に来るそうな」

幹次郎と汀女は生涯ふたりの恨みを抱えて生きていくことになりそうだ。

「幹やん、姉様」

甚吉の声に緊迫が籠《こも》った。

「ふたりともな、昔の役職に戻ることを諦めてはおらぬ」

「なんと……」

「藤村も肥後も藩祖以来の家柄じゃ。殿様に両家の一族の者からな、家臣に戻してほしいと上申されたそうじゃ」

「久貞《ひささだ》様はなんと答えられた」

「十年前の不義密通とはいえ、仇を討つ側が怪我を負わされたまま妻仇討が果たされていない。まずはその始末が先じゃと申されたとか」

「再びふたりは江戸に上がる気か」

「時節を見計らってそなたを一気に襲うと、竹田ではもっぱらの噂じゃ」

事件は終わってはいなかった。どす黒い夢が蘇《よみがえ》ってきた。

そんなふたりの胸中を知らぬ甚吉は国許のよもやま話などをし、夕餉を食べて藩邸に戻っていった。

「幹どの、われらは生涯追われる身……」

「致し方ない」

「四郎兵衛どのに相談致しますか」

「いや、これはわれらの問題じゃ、姉様」

「そうでしたな」

汀女の手が幹次郎を摑んだ。

「この暮らし、むざむざと捨てとうはない」

「捨てるものか」

幹次郎は汀女の震える体を抱き寄せていた。

第三章　吉原炎上

一

神守幹次郎は研ぎ上がった無銘の長剣を二階の八畳間で夕暮れ前の光に翳していた。梅雨《つゆ》の中休み、湿った、重い光が、開け放たれた窓から差し込んでいた。

浅草東仲町《ひがしなかちょう》の研ぎ師松久《まつひさ》は、幹次郎が約束の日に受け取りに行くと、

「おおっ、おいでなされましたか」

と奥から馴染の長剣を持ってきた。

「研ぎ師冥利《みょうり》に尽きました」

幹次郎は黙って壮年の研ぎ師を見た。

「神守様の出は西国にございますか」

「豊後じゃが」

大きく頷いた研ぎ師は、

「この刀、伝来のものですかな」

「ご先祖が戦に行って相手方の騎馬武者を倒した証《あか》しに奪ってきたものと言い伝えられておる。真偽のほどは知らぬ」

「私めは豊後の刀鍛冶《かたなかじ》行平《ゆきひら》の若いころの作刀とみました」

「行平とな」

豊後国行平は豊後が生んだ名刀鍛冶だ。後鳥羽《ごとば》上皇の二十四人番鍛冶のひとりで定秀《さだひで》の弟子ともいわれた。

「直刃の美しさは行平独特、それに刃区《はまち》のところを焼き落とすのはこの鍛冶の癖にございます。なにより鎬造《しのぎづくり》大切っ先は豪壮にして優美にございますな」

刃区とは中心《なかご》（茎）と刃身の境目のことだ。

研ぎ師の言葉は世辞とも思えず、目を細めて自分の研ぎぶりを無銘の剣に眺め、確かめたものだ。

梅雨の晴れ間の光を映した豪剣を幹次郎が手に翳していると、下で汀女の戻ってきた気配がした。

幹次郎は研ぎ師が豊後国行平とみた剣を鞘に納めると階下に下りた。

「ただ今戻りました」

汀女の額にうっすらと汗が光っていた。

吉原の遊女たちに俳諧、連歌の手解きをし、読み書きを教える試みはどうやら盛況のようで、女弟子たちに乞《こ》われて今では三日に一度は出かけていくようになった。

弟子たちも常連組三、四人を含んで、時に二十余人の多きに達することがあるという。

「幹どの、ちと気にかかることが」

汀女は外着を着替えようともせずに裏庭の竹藪をのぞむ座敷に坐った。

「ひと月ほど前から手習いに顔を出すようになった女郎のひとり梅園《うめぞの》様のことにございます……」

汀女は、玉屋の抱え女郎の梅園が作ったという俳諧を幹次郎に見せた。

「梅雨あけて　三千世界　炎《ほむら》立つ」

女文字も書風も見事といえた。だが、どこか均整に欠けているように思えた。

なにより表現に含みがあった。

「幹どの、梅園様の炎立つをどう考えられますな」

「普通なれば光立つ、あるいは光満つ、であろうな」

「梅園様はどうしても炎がおのれの気持ちに似つかわしいと申されましてな」

梅園は格子《こうし》女郎のひとりという。格子女郎とは太夫のように仲之町張りはせず、見世先の格子の中に列座して遊客《ゆうかく》の気を引く遊女であった。自分の部屋で客を取る女郎と、部屋を朋輩と共有する女郎とがいて、太夫の下、切見世女郎の上、吉原三千人の遊女の中でも一番数多い女郎衆であった。

「梅園様の気性が今少し明るければ、あれだけの美形でございます、それに水茎《みずくき》のあざやかな文字といい、太夫も務まりましょう。ですが、朋輩とも交わらず自ら心のうちに垣根を造っておられますようではな」

「どこが気になるな」

「なんぞ起こることを待っておられるような気が致します」

「なんぞとは騒ぎか」

幹次郎の問いに、汀女は手にした一句の炎の字に目を落とした。

「これまで梅園とは何度顔を合わせたな」

「三度にございます」

汀女は七つ（午後四時）までの昼見世と暮れ六つ（午後六時）から始まる夜見世の間を縫って教えていた。

「そなたが三度顔を合わせて奇異と感じたとあれば、腰を上げずばなるまいな。このこと、四郎兵衛どのはご存じか」

汀女は顔を横に振った。

幹次郎は立ち上がると外出の仕度を始めた。

ふたりが吉原近くに移り住んできて、まだなんの役にも立っていない。

幹次郎は四郎兵衛の気配りに心苦しさを感じていたところだった。

日本堤から吉原へ向かう坂道を衣紋坂《えもんざか》といい、その坂を下って大門までの道を五十間道《ごじっけんみち》といった。衣紋坂は大門に入る前、遊客が女郎にもてようと衣紋を繕《つくろ》う坂という意味からきていた。あるいは、京島原《しまばら》遊廓にあった衣紋橋の名を取ったともいわれている。

また、この坂道に続く道の左右に編笠を貸す茶屋が二十五軒、都合五十軒あったところから五十間道と称したともいわれている。

古びた菅笠を被《かぶ》った神守幹次郎は四年前の天明二年（一七八二）に完成した屋根付きの大門を潜った。大門は槍、長刀以外の大小は差して通ってよい。だが、妓楼に上がるときは引手茶屋に預けていくのが決まりであった。

大門の前で左手の面番所を見ると、町方隠密廻り同心の村崎季光《むらさきとしみつ》が所在なげに顎の無精《ぶしょう》髭を抜いていた。

村崎は南町奉行所の所属で、上司は内与力《うちよりき》の代田滋三郎《しろたじさぶろう》である。この代田は、紋日で金が入るとき以外は滅多に面番所に顔を出すこともない。

幹次郎は江戸町一丁目を曲がると和泉楼《いずみろう》と讃岐楼《さぬきろう》の間の路地に入った。路地の入り口には老婆が一見所在なげに座って、遊客などの通行を止めていた。この路地の奥に四郎兵衛会所の裏口があった。迷路のような路地は、吉原に張り巡らされているという。

裏同心幹次郎は会所の裏戸を開いて三和土に入った。そこには若い衆《わかいし》が張番に立っていて、破れ笠を取った幹次郎の顔を見ると奥へと引っ込んだ。が、すぐに戻ってくると、

「神守様、こちらへ」

と三和土の隅から鉤形《かぎがた》に曲がる通路へと案内した。

その薄暗い通路を行くと会所の一角に座敷があって、四郎兵衛が座していた。

「お久しゅうございますな」

「無沙汰をしております」

四郎兵衛の前に控えた幹次郎は挨拶を交わした。

小さな庭に面した奥座敷にも表通りのざわめきが風に乗ってかすかに伝わってくる。隣室の襖《ふすま》は閉じられていたが人の気配がした。

「なんぞありましたかな」

頷いた幹次郎は汀女から打ち明けられた話をした。

瞑想《めいそう》するように話を聞いていた四郎兵衛の口から、

「梅雨あけて　三千世界　炎立つ」

と呟きが漏れた。両眼を開いた吉原遊廓の警察長官ともいうべき主は幹次郎の
差し出した半紙を受け取り、検《あらた》めた。

「さすがは汀女様じゃ」

そう言った四郎兵衛は隣室に向かって、

「玉屋の抱え梅園の身許《みもと》を調べよ」

と命じた。すると、

「へえっ」

という声がして気配が消えた。

柔和《にゅうわ》な顔に戻った四郎兵衛が、

「なんぞ差し障りはございませぬか」

と幹次郎に聞いた。

「差し障りどころか、それがしなにもお役に立てず恐縮しておる」

「神守様、そうそう神守様に御用を願うようなことが出来《しゅったい》しては吉原が困ります。それにな、汀女様が開かれる集まりをどれほど女たちが楽しみにしていることか。その上、かような獲物を釣り上げられる」

四郎兵衛が声も立てずに笑った。

「女郎衆の中には漢文の素養から歌舞音曲《かぶおんぎょく》にまで詳しい方がおられるとか。姉様も勉強になると言っております」

「こんなご時世だ。いつ大店が潰れぬともかぎらぬ。あるいは御家人の中には暮らしに困って密かに娘御をな、吉原に売る家もなくはない。ひと通りのことを知った女郎は太夫ばかりではありませぬよ」

汀女の手習いの集いは上は太夫から格子女郎まで格式にとらわれず集まれるようにしてあった。だが、体を一朱二朱で売る局見世の女郎の弟子はまだない。

「お頭《かしら》」

と廊下に会所の若い衆を束ねる小頭の長吉《ちようきち》が控え、後ろから着流しに羽織の旦那が顔を見せた。

「嘉造《よしぞう》さんかえ」

四郎兵衛は幹次郎に梅園を抱える玉屋の番頭だと紹介した。だが、幹次郎の身分は嘉造には告げなかった。

「梅園のことでございますな」

嘉造は証文を出すと、

「本所新町《ほんじよしんちよう》の女衒虎三《とらぞう》が持ち込んだ女でございますよ、四郎兵衛様」

「親の身分はどうか」

「野州《やしゆう》浪人早田善五郎《はやたぜんごろう》三女奈実《なみ》、十九となっております」

永《なが》の浪人の妻子ともなれば苦界《くがい》に身を落とす者もいた。

「どんな勤めぶりかな」

「最初、連れてこられたとき、こりゃ太夫にまで上《のぼ》れる玉と思いましたよ。それだけの金も虎三に払いました。ですが、本人は格子の中から客を取る女郎でよいと頑固に申しましてな、変わった女と思ったものです。それに日が経《た》つにつれ、朋輩と反《そ》りが合わぬことが分かりました。当人も朋輩と交わろうとはせず、女たちも梅園の暗い気性を嫌っております」

「客はどうか」

嘉造は困った顔をした。

「どうやらえり好みしておるようにございます。部屋に上がっても勿体《もったい》をつけるとか、怒って帰った客もございました。そろそろ言い聞かせる潮時かと主の実《じつ》右衛門《えもん》も女将《おかみ》も考えている様子にございます」

吉原で言い聞かせるとは折檻を含んでのことだ。中には大事な体を痛めつける妓楼もあり、会所でも始末に困っていた。

「言い聞かせは穏やかにな」

と釘を刺した四郎兵衛が問うた。

「まだひと月そこらでは馴染はあるまいな」

「しかとは分かりませぬが……」

嘉造は顔を横に振った。

「女衒の虎三の評判は芳《かんば》しくないな」

四郎兵衛は二年前、虎三が吉原に売った若い女が数日後に御家人の長男と心《しん》中《じゅう》を企てた事件を思い出していた。そんな曰《いわ》く付きの娘をこれまで何度か吉原に仲介していた。

四郎兵衛が嘉造を見た。

「はい、四郎兵衛様のおっしゃられる通り、普段なら付き合いませぬ。ところが虎三が連れてきた奈実の顔を見せられ、磨けば太夫の玉とつい手を出してしまいました」

恥じたように言う嘉造は訊いた。

「なんぞ梅園に不審がございますか」

四郎兵衛は半紙を指し示した。しばらく口の中で繰り返していた嘉造は、

「梅園になんぞ悩みがあるようでございますな。しかしこれだけでは叱るわけにもいきませんし」

と先ほどとは異なり、屈託のない顔に変えた。もっと深刻な事態を予想していたのかもしれぬ。

「われわれもこれだけで梅園を責めるのではありませんが、何があってもいけません。梅園によく気を配ってやってくださいよ。嘉造さん、主どのによろしゅうな」

四郎兵衛の挨拶に頭を軽く下げた番頭が会所の座敷から消えた。すると会所の

番方仙右衛門が姿を見せた。

「七代目、虎三に当たりをつけますか」

仙右衛門もまた隣室に控えて、幹次郎がやってきたときからの会話を聞いていたものとみえ、子細を飲み込んでいた。

「幹次郎様を同道してな、当たってみよ」

仙右衛門が頷き、幹次郎は傍らに菅笠を引き寄せた。


仙右衛門と長吉に伴われて今戸橋から猪牙舟に乗った。会所の息がかかった船宿《ふなやど》牡丹屋《ぼたんや》に泊めてあった猪牙舟で、船頭は玉屋の若い衆だった。この猪牙舟、会所の持ち物で急を要する折りは二丁櫓《ろ》で漕《こ》ぐこともできた。

「番方、政吉父《まさきちとっ》つぁんは馴染客の用で出てなさる。わっしで我慢してくんな」

と仙右衛門とは顔見知りの若い船頭が言い、

「なあに、そう厄介な用事じゃねえや。政吉父つぁんの手は借りぬとも事が済む」

と番方の仙右衛門が答えた。

舟は隅田川を下るように渡り、中ノ郷《なかのごう》と小梅村《こうめむら》を分かつ源森川《げんもりがわ》に入っていった。

水戸藩の蔵屋敷を見ながら五丁（約五百五十メートル）ばかり進むと、川は南に曲がって横川《よこかわ》と名を変えた。

源森川も横川も江戸期になって掘られた運河だ。

「神守様、これから参ります石原《いしわら》新町というところはこの横川から右手にある北《きた》割下水《わりげすい》という堀の左右に広がってましてね、御家人が屋敷を構える一帯でございますよ」

御家人とは禄高《ろくだか》およそ二百石以下、将軍家に謁見できない御目見《おめみえ》以下の者を指した。

二百石取りを四公六民に照らせば実収入八十石、これは玄米だから搗《つ》き減りして六十余石、一石一両に換算すれば六十余両で家族から槍持ち、小者などを支えねばならない。

商人が世間の相場を牛耳《ぎゅうじ》る天明期、御家人が貧乏の代名詞ということくらい幹次郎も知っていた。

猪牙舟が北割下水に入り四、五丁も進むと空気が鋭く変わったのが幹次郎にも分かった。腐った塵芥《ちりあくた》の臭いや大小便の異臭まで辺りに流れてきて、夜の闇と変わった一帯に危険が漂った。

「長吉、しばらく待っておくれ」

仙右衛門はそう命じると、腐りかけた船着場の踏板を慎重に渡って河岸に上がった。

女衒の虎三は堀端から少し入ったところに人入れ稼業江戸屋《えどや》の看板を掲げており、店の大戸は開いていた。

五つ（午後八時）時分か。

三和土には人足たちが集まり、江戸屋の手先から明日の仕事の割り振りを命じられて、表に出てきた。

幹次郎はこの十年、日雇い仕事をしてきたから、男たちが川浚えか荷運び人足の仕事にありついたなと思ったものだ。

「ごめんなさいよ」

汗臭い男たちが消えた三和土に入った仙右衛門が声をかけた。奥に入りかけた中年の大男が振り向き、

「おや、四郎兵衛会所の仙右衛門さんじゃあございませんか」

と言った。

「虎三さん、しばらくにございますな」

仙右衛門が上がり框に腰を下ろした。

幹次郎は菅笠を被ったまま、三和土の隅の暗がりにひっそりと立った。

虎三が幹次郎をじろりと見て、

「会所の番方が何の用ですえ」

と尖った言葉で訊いた。

「ひと月前、そなたが玉屋に仲介された野州浪人早田善五郎の三女奈実のことでしてな、ちょいと伺いたいことがあって参上しました」

虎三は板の間に胡坐《あぐら》をかくと煙草盆を引き寄せた。すると奥から子分が三、四人現われて、虎三の後ろに控えた。

「奈実ね、本人が女郎になりたいとうちに顔を出したくらいだ。わっしは奈実を玉屋さんに仲介しただけでその他のことは深くは知りませんよ」

「身売りの金はどうなされたな」

「相場通りの口聞き賃を差し引かせてもらって、そっくり親御様にお渡ししましたぜ」

「証文を見せてもらえますか」

「いくら会所の番方さんでもそれはできねえ相談だ」

「ならば親御どのの住まいを教えてくださるか」

「それもできねえ。というのはさ、奈実の親もこのことが世間に知れるのを恐れていましてな」

「虎三さん、会所の頼みだ。聞いても損はないと思うがねえ」

「こっちは親の頼みだ、聞けねえな」

「となると女衒の虎三さんは吉原に出入りできないことになるよ」

「そんな馬鹿な、上玉ならいくらでも買う妓楼はありますって」

虎三がせせら笑った。

「困ったな」

と仙右衛門が呟いたとき、子分の中でも兄貴格の男が立ち上がると仙右衛門の前に立った。その懐に右手が入れられていた。

「親分があぁ言ってなさるんだ。吉原田圃に帰りねえ。ここは北割下水だぜ。痩せ浪人を用心棒に連れてきても、なんの脅しにもならねえぜ」

「物分かりが悪いねえ」

仙右衛門が言うと、男が仙右衛門をいきなり足蹴にした。

仙右衛門の手が足を払うと、男は上がり框から体を浮かせて背から床に叩きつけられた。

手下たちが懐から匕首を抜いて、

「やりやがったな!」

と飛び出してきた。

仙右衛門がすいっと身を退《ひ》いた。

幹次郎が三和土の暗がりから前へ出た。

手に心張棒があった。

「さんぴん、死ね!」

三和土に飛び下りた三下《さんした》が腰に刃物をあてがい突っ込んできた。

幹次郎の片手の心張棒が、金沢の眼志流小早川彦内が道場破り相手に使った居合術と同じ軌跡をなぞり、したたかに三下の下腹部を叩くと三和土に転がした。

眼志流の秘剣のひとつ、浪返しだ。さらに虚空で反転した心張棒が後続の手下の肩と足を叩いた。

連続技の白浪崩《しらなみくず》しだ。

一瞬の早技に三人が転がって、兄貴分の仲間入りをした。

心張棒の切っ先が回って虎三に突きつけられた。

「虎三さん、思い出されたかえ」

仙右衛門の落ち着いた声が響いて、虎三ががくがくと顔を縦に振って言い出した。

「や、野州浪人早田善五郎三女奈実というのは真っ赤な嘘……」

虎三の自供によれば、旗本三百石の能勢善右衛門《のせぜんえもん》の三女奈実という。

それればかりか、奈実を虎三のところに連れてきたのは同じ旗本四百三十石の辺《へん》見右京《みうきよう》の三男弥三郎《やさぶろう》というのだ。

二

翌朝、幹次郎は再び四郎兵衛会所を訪ねた。すでに夜のうちに仙右衛門から報告を受けていた四郎兵衛が、

「神守様、長吉を付けます。この一件、最後まで探ってごらんなさい」

と唆《そそのか》すように命じたものだ。

この日、供を命じられた小頭の長吉は会所の若い衆の頭分で、昨日も一緒だった。

その長吉に幹次郎は言った。

「それがしの家はわずかに十三石の禄高でな、貧乏はしていたが親は子を傾城に売るような真似は致さなかった」

「神守様、ところが江戸じゃ三、四百石どころかもっと大身《たいしん》の家が困窮して密かに身売りなさるので。人の欲望は際限ねえや。わっしの知っている女郎だけで数人はいますぜ」

頷いた幹次郎は訊いた。

「さてどこから探りを入れたものかな」

「まずは辺見の屋敷を覗いてみましょうかえ」

南割下水の四百三十石辺見右京の片番所《かたばんしょ》付きの長屋門は大きく屋根が傾きその上にすくすくと伸びた夏草が梅雨の風に揺れていた。常駐の門番がいるとも思えない屋敷の屋根を堀から眺め上げても荒れ放題だ。

「弥三郎はいるかな」

「うさん臭い連中が動き出すのは夜と相場が決まってまさあ」

と呟くと長吉は辺りを見回した。

南割下水は北に比べて屋敷も町並みも整然として、人気《じんき》も穏やかにみえた。

遠く本所三笠町《みかさちょう》の橋際に小舟が舫われ、野菜を売っていた。

姉《あね》さん被りの女に目を留めた長吉は、猪牙舟を小舟に漕ぎ寄せた。

客が途切れ、暇そうだ。

「稼ぎはどうだい」

「日差しが強くなっちゃあ、青菜が萎《しお》れるよ」

亀戸村《かめいどむら》辺りから野菜を売りに来たらしい中年の女は、客足よりも野菜が萎《しな》びることを気にした。

「おめえさん、旗本四百三十石の悪《わる》の三男坊を探しているんだが、どこに行けばいいか承知かえ」

野菜売りの女が顔を上げて、

「割下水の山犬《やまいぬ》かえ。あいつのことを下手にくっ喋《ちゃべ》って、怪我でもさせられたら大変だよ」

「子供に甘いものでも買っていきねえな」

長吉は懐から一朱を出すと女の手に素早く握らせた。一朱は銭にして二百五十文だ。長命寺《ちょうめいじ》の桜餅が食いきれないくらい買えた。

野菜売りは素早く懐に一朱をしまうと訊いた。

「兄さんは辺見弥三郎が頭《かしら》の割下水若衆組のことを知ってなさるか」

長吉が首を横に振った。今さっき見てきた荒れた辺見屋敷が頭に浮かんだ。

「北割下水の旗本御家人の次男坊、三男坊どもが徒党《ととう》を組んで、悪のし放題だ。若い女を荒れ寺やら空き家に連れ込んで悪戯はする、商家に押しかけては銭を強請る。噂じゃ、割下水に浮かぶ死体の大半にはそやつらが関わっているそうな。十七、八の若造ばかりだよ」

「部屋住みにゃあ、夢がねえからね」

貧乏御家人の次男三男となればまず婿のもらい手もない。出世のあてもない連中が不満を募らせて徒党を組んだのが割下水若衆組だという。

「背に山犬を染め出した派手な羽織を揃いにしてのし歩く姿を見ると、ここいらの人は急いで姿を消しなさるよ」

「お上は取り締まりなさらねえのかえ」

「江戸市中なら許されまいが、本所の割下水じゃねえ」

「弥三郎は山犬の頭かえ」

長吉は念を押した。

「ああ、割下水若衆組の頭分が二十になったばかりの弥三郎さ」

「こやつらの仲間に娘はいるかえ」

「弥三郎にしなだれかかって歩いていた旗本の娘がいたが、近ごろ見かけないね」

「能勢善右衛門の娘だね」

「ようご存じだ。割下水は、旗本の姫様が夜鷹《よたか》まがいの恰好でうろつくとこさ」

「どこに行けば会えるな」

「三ツ目之橋《みつつめのはし》際に赤熊《あかくま》って名の煮売酒場があらあ。まだ刻限が早いねえ。夕暮れになると山犬の連中は赤熊に集まってきて悪さの相談をするって話だよ」

「有難《ありがと》うよ」

長吉はすいっと野菜舟の傍から猪牙舟を滑らせて横川に戻した。

「奈実は弥三郎に騙されて吉原に身売りさせられたのであろうか」

幹次郎は菅笠の下から櫓を操る長吉に訊いた。

今日の長吉は吉原四郎兵衛会所の半纏は脱いで、棒縞《ぼうじま》の着流しだ。

「さあてね」

首を捻《ひね》った長吉は、

「なんにしても刻限が早い。しばらく舟の上で昼寝だねえ」

と、でんと構える様子を見せた。

長吉の猪牙舟が竪川《たてかわ》に架かる三ツ目之橋下につながれたのは六つ半（午後七時）の刻限だ。

話し合い通りにまず幹次郎が舟を離れた。

水を何度も潜った絣《かすり》にこれもよれよれの道中袴、貧乏浪人そのものの神守幹次郎の扮装《いでたち》の腰に、無銘ながら研ぎ師が後鳥羽上皇の二十四人番鍛冶のひとり、豊後の行平と見当をつけた豪剣があった。塗りの剝《は》げた黒鞘からは凄みのある刀身《とうしん》が納まっているとは想像もできなかった。

堀端から路地の奥に入ったところに、赤い破れ提灯がぶら下がり、三間の間口を開け放って赤熊は店開きしていた。すでに客は七分ほど入っている。

幹次郎は破れ笠を脱ぐと店に入った。

尖った視線が投げかけられた。

六尺（約百八十二センチ）の体に無精髭の生えた風貌の幹次郎は素知らぬ顔で受け流し、つんつるてんのお仕着せを着た小僧に、

「酒をくれぬか」

と頼んだ。

「へえっ、ご新規さんご酒《しゅ》を一本！」

奥へ叫ぶと肴《さかな》は何にするかと聞いた。

「つまみはいらぬ」

貧乏浪人かという顔で小僧が幹次郎の傍を離れた。

幹次郎は入り口近くに空樽《あきだる》を卓にした場所を見つけた。先客は職人風のふたりで、

「相席でよいか」

と頼む幹次郎にじろりと視線を投げただけだ。腰を落ち着けた幹次郎はようやく奥を見た。

土間に続く入れ込みの座敷に前髪立ち、揃いの羽織を着た七、八人の若侍がたむろして、酒を呑んでいた。割下水若衆組であろう。

「へえっ、お待ち」

先ほどの小僧がどんと二合徳利を置くと、爪が汚く伸びた手を出した。

「いくらか」

「七十文……」

高いと思いながら幹次郎は銭《ぜに》で払った。

幹次郎が徳利を持ち上げたとき、化粧の匂いがして、派手な小袖が目に入った。見れば長身の若侍がふたりの女の肩に手をかけて奥へ押し通った。

「弥三郎どのが見えた」

「待っておりましたぞ」

奥から声がかかったところを見ると、その若者が奈実を吉原に売った辺見弥三郎であろう。座敷からこちらに向けた弥三郎の顔は美形ながら、すでに荒んだ表情を漂わせていた。しどけない恰好をした娘たちはまだ十五、六と思えた。

幹次郎は杯《はい》に注いだ酒をちびちび呑みながら、様子を見ることにした。

車座《くるまざ》になった割下水若衆組は、何事か額を集めて相談している。

赤熊は汗臭い職人や遊び人風の客で満席になった。だが、長吉が姿を見せる気配はない。

半刻ばかりが過ぎて、赤熊はますます混雑した。

浪人者をふたり従えた番頭風の男が赤熊の前に立った。猥雑《わいざつ》な雰囲気に立ち竦んだが意を決したように入ってきて、奥座敷の一角、割下水若衆組の隣に座を占めた。

割下水の御家人に貸した金の取り立てか掛け取りに、用心棒を従えて川向こうからやってきて、相手が留守なので時間を潰しに来たという感じだ。

「なにをする！」

番頭風がふいに割下水若衆組の娘を払いのけた。

「なんだなんだ」

すでに酒に酔った若衆が数人立ち上がった。

用心棒の浪人も刀を引き寄せた。

「あたいの体をこいつが触った！」

まだあどけない声で娘が言い放った。

「なにを言っておる。私の巾着《きんちゃく》袋に触ったのはおまえではないか」

番頭風が反論した。

「なにっ、ふみが泥棒をしたっていうのか」

若衆組のひとりが番頭風の前に立ちはだかって叫んだ。

頬のこけた浪人も片膝をついた。

「待ってくんな、うちで騒ぎを起こされちゃかなわねえ。外でやってくんな」

台所から暖簾を分けて赤ら顔の大男が顔を出した。主の赤熊だろう。

「この店は無法者を飼ってなさるのか」

番頭風が立ちかけて言った。

「番頭さん、ここいらの人気《じんき》が悪いのは借金取りの使いなら知っていなさろう。あまり騒ぎ立てねえで帰ってくれ」

番頭は素早く立ち、用心棒がその背後を固めるようにして店の外に出た。

幹次郎が奥に視線を戻すといつからいたのか、入れ込みの端から長吉が立ち上がった。割下水若衆組はいつの間にか人数が半分に減っていた。

辺見弥三郎の姿はなかったが、騒ぎの因となった娘たちは残っていた。

幹次郎は呑み残しの杯の酒を啜って表に出た。

通りに出ると借金取りの番頭らを乗せた舟が竪川を東に消えていこうとしていた。

幹次郎は長吉が戻っているかと猪牙舟を見たが姿はない。

(辺見弥三郎らはどこに消えたか)

幹次郎は河岸伝いに番頭らを乗せた舟を追ってみた。だが、竪川と横川が交差するところで幹次郎は立ち往生した。右に曲がれば南辻橋《みなみつじはし》を潜って小名木川《おなぎがわ》へと向かい、真っ直ぐに進めば新辻橋《しんつじばし》下から亀戸村へ行き着く。

幹次郎はまだ用事が済んでいなそうなさっきの番頭の様子から考え、割下水のほうに向かうのではと左手の横川沿いの河岸道を選んだ。

北辻橋《きたつじばし》、長崎橋《ながさきばし》と進めば、上方《かみがた》からの下りものを扱う乾物屋、油屋、藍屋《あい》などの看板が続いていた。さらに南割下水を越えて、中之郷へと進んだ。すると人の往来が少なくなり、灯りも暗くなった。

再び幹次郎は北割下水の入り口で迷った。迷った末に左に曲がった。

町家から旗本屋敷、さらに町家、そして塵芥や糞尿の臭いが危険と一緒に漂う北割下水の深奥部に差しかかった。

遠くで叫び合う声と闘争の気配が湧き起こり、幹次郎は刀の柄元を左手で押さえて走った。

水音と悲鳴が闇に響き、ふいに気配が消えた。

足音が北割下水の奥へと消えていく。

北割下水に流れ込む堀の一本へと曲がった。

すると一艘《そう》の舟が見え、船上で提灯が燃えていた。

幹次郎は走り寄った。

四人の男たちが血を流して倒れ込んでいた。先ほどの番頭と用心棒ふたりに、船頭を加えた四人だ。

今にも提灯の灯りが消えようとしていた。

突き傷だと幹次郎が確かめたとき、

「あやつらの仕業ですぜ」

という長吉の声がして、辺りは闇に没した。

「戻りますぜ」

長吉の言葉に幹次郎は従い、人殺しの起きた舟から走って離れた。

ふたりは南割下水を越えたとき、ようやく足を緩めた。

「餓鬼ども、したたかですぜ」

「弥三郎らの仕業だと」

「へえ、堀の上から槍を何本も揃えていきなり突き下ろしやがった。いくら腕の立つ用心棒でも不意を打たれ、河童《かっぱ》のようにどぶ水に身をつけた小僧に舟を揺らされては抵抗のしようもありませんや。突き殺された上に番頭の巾着袋は奪われた」

長吉は弥三郎らが襲った一部始終を目撃していたようだ。

「用心棒を連れているってんで高《たか》を括《くく》ってたんでしょう。北割下水を甘く見たね」

「娘は番頭の巾着にいくら入っているか、事前に探ったのじゃな」

「おっしゃる通りで。並の悪じゃねえ」

吉原の四郎兵衛会所の長吉は呆れたように言い、

「弥三郎らはなんぞ江戸を大騒ぎさせるような企みを考えていますぜ。あやつら、赤熊でねえ、なんぞしきりに話し合っていましたからね」

赤熊の近くにふたりは戻ってきた。

「さてどうしたものか」

長吉が思案するように呟いた。

「割下水若衆組のひとりをひっ摑まえて吐かせよう」

幹次郎の思いつきに長吉が振り向いた。

「他によき手があるか」

「そうだねえ、物事は複雑に考えちゃいけないね」

と賛同の笑いを漏らした。

襲撃に出た者らも元の店に戻り、割下水若衆組が赤熊を出たのは九つ半（午前一時）を過ぎていた。どうやら辺見の屋敷に向かう様子で、十数人の若い男女は体を揺らしながらぞろぞろと歩いていった。

が、中のひとりが尿意を催した様子で南割下水に向かって放尿を始めた。

弥三郎らは、

「小次郎《こじろう》、後から来いよ」

と言い残すと辺見邸に向かった。

酒をしたたかに呑んだためか若い侍の放尿は長々と続いた。ようやく満足したか腰を振った小次郎は、

「ういっ」

というおくびを水面に投げて振り向いた。

幹次郎が腰から外した無銘の長剣の鐺《こじり》を鳩尾《みぞおち》に突っ込んだ。

叫ぶ間もなく、くたっと崩れる小次郎の体を抱きとめた幹次郎は肩に担ぎ上げた。

猪牙舟に乗せた小次郎を小梅村の荒れ寺の本堂に連れ込んだ。点された蠟燭《ろうそく》の灯りが微かに荒れ寺を浮かび上がらせていた。

幹次郎は小次郎の背に活《かつ》を入れて息を吹き返させた。

小次郎はきょろきょろと辺りを見回していたが、幹次郎と長吉を認めて、

「何者だ！」

と叫んだ。そして腰に手をやったが、小次郎の差し料は長吉の足下《あしもと》にあった。

「おれはよ、割下水若衆組の者だぜ、知ってのことか」

幹次郎も長吉も答えない。

「大勢の仲間がおる。ためにはならねえぜ」

「小僧、脅しは効かぬ」

長吉が低い声で言った。

「な、何者だ」

「おめえらが借金取りの番頭ら四人を長柄の槍で突き殺すのを見物した者よ」

「なにっ！　八丁堀か」

小次郎は叫ぶとふたりを確かめるように見た。

「町方ならこんな荒れ寺に押しこむめえ」

足下から小次郎の大刀を取り上げた長吉は、下緒《さげお》で鍔元《つばもと》の柄をぐるぐると巻いて鞘が抜け落ちないように留めた。

「せいぜい叫びな」

「なにをする」

「おめえの体に訊きたいことがあってな」

「喋るものか」

長吉が手にした大刀が小次郎の肩口に叩きつけられた。すると、ひえっと呻き声を漏らした小次郎は、

「なにを喋ればいい」

と早くも泣き言を言った。

「おめえらが企てている大騒ぎとはなにか」

「そんなこと知るものか」

「仲間の能勢奈実を吉原に叩き売ったのは辺見弥三郎じゃな」

小次郎は恐怖の顔で長吉を見た。

「そんなこと喋れるもんか」

「喋れば命がないってかえ。鞘が割れて抜身が姿を見せるまで耐えられるかえ」

長吉が小次郎の背中に大刀を叩きつけた。すると鞘が砕ける音がした。

「おれが知っていることは大したことじゃねえ」

「それを喋りねえ」

「許してくれるな」

「ああ、話次第ではな」

小次郎が迷った末に話し始めた。

三

汀女は、その翌日の手習いが終わったとき、

「お急ぎでなければ、お茶を」

と玉屋の抱え女郎梅園を呼び止めた。

座敷を去りかけた梅園が不思議そうな顔で汀女を振り返った。

「なんぞ用事でございまするか、お師匠様」

汀女は、その日に梅園が詠んだ句を記した半紙を膝に置いた。

「江戸の町　火迸《ほとばし》りて　梅雨が去る……梅園様の燃えるような句にはいつも驚かされます」

梅園は敷居際に立ったまま、黙って汀女を見返した。

「梅園様の心模様が激しく映し出されて壮快にございます。ただ……」

「ただ、何でございますな」

「梅園様の心の内の激しい怒りが気になります」

「お師匠、余計なお世話です」

「たしかにお節介にございます」

「もはやここに顔を見せることもありませぬ」

「奈実どの」

と座敷を去りかけた梅園の本名を呼んだ。きっとなって梅園が汀女を睨んだ。

「若さはときに無謀なことをしでかします。それが悪いなどとは思ってもおりませぬ。梅園様、私の話を聞いてくれませぬか」

迷ったように立っていた梅園がぺたりと座った。

汀女はお茶を淹れながら話し出した。

「私はさる西国の大名家の身分の低い下士の娘に生まれました。それが十八の折り、父がこしらえた借財のかたに年の離れた上士の家に嫁に行かされましてね」

梅園はそのような告白を聞かされるとは想像もしなかったようでぽかんとした顔をした。

「その家に参ってほっとしたのは、その日その日腹を空かせて過ごさずに済むことでした。その家に嫁いで三年、同じ長屋に住まいしておりました幼馴染の者と手に手を取り合って、故郷を抜けたのでございます……」

汀女は妻仇討に追われる旅のことを淡々と告げた。

「追っ手のひとりは私の弟にございました。亭主が借金のかたに弟を養子に迎えて、討ち手に加えたのです。弟は吉原で会ったおみね様と惚れ合い、足抜をしでかしました」

「切見世の女郎と一緒に殺された侍の姉様が師匠……」

梅園は事件を知っていた。

汀女は頷いた。

「神守幹次郎と駆け落ちしたことを悔いてはおりませぬ。また今も追っ手がかかる日々にも後悔はありませぬ。弟を巻き添えにしておみね様と斬り殺されるようなことに追い込んだのも弟の弱さがあったからのことと思うております。奈実どの、若さとはときに素晴らしい行いをなすものと汀女は考えております。しかしながら、若さには苦い代償が伴いまする。私どもは今も黒い夢を見てはうなされ、汗びっしょりで目を覚まします」

汀女は淹れた茶を梅園の前に置いた。

「心のうちに怒りを抱くことも悪くはございませぬ。句は元々心の安寧《あんねい》を求めて詠むもの、怒りをぶつけるものではない。梅園様、私のお節介は、それをお伝えしたかっただけにございます」

梅園はきっと汀女を睨んだ。

「師匠、やはりお目にかかるのはこれが最後……」

と言った梅園は茶碗を両手で頂くと一服喫して茶托《ちやたく》に戻した。

その流れるような挙動は間違いなく旗本三百石の姫のものであった。

奈実は能勢善右衛門の三女として生まれ、七つのときに母親が亡くなっていた。その後、父親が女中に手をつけて後添《のちぞ》いとしたところからぐれ始め、同じ旗本の次男三男らと放埒《ほうらつ》な付き合いを始めるようになっていた。

幹次郎と長吉が、昨夜小次郎に喋らせたこれらのことを汀女も聞いていた。

「奈実どの、わたしはこれまで通りにそなたが来るのを楽しみにしておりますよ」

梅園が一礼して座敷から消えた。

この日、四郎兵衛会所に七代目頭取の四郎兵衛と番方の仙右衛門、それに神守幹次郎と長吉、若い衆三人が顔を揃えた。

「玉屋にて調べましたるところ、梅園に二度目も来て遊んでいく、すなわち裏を返し、馴染になるほどの客はおらぬそうにございます。それどころか、おもしろみのない女郎だと遣手《やりて》に文句を言う客もいたそうにございます」

まず仙右衛門が玉屋での評判を四郎兵衛に報告した。

頷いた四郎兵衛が、

「神守様と長吉が、割下水で聞き込んできた中に気にかかる一事があった。梅園こと能勢奈実が辺見弥三郎の指示を受けて、吉原に自ら身を落としたとのことだ」

幹次郎と長吉が御家人の次男根岸《ねぎし》小次郎から聞き知ったことだ。

「弥三郎は小次郎らに、奈実はふた月もすれば割下水に戻ってくる。あいつは吉原に楽しみに行ったのよとせせら笑って、奈実の身売りを全く気にかけていないそうな」

四郎兵衛は幹次郎に顔を向けた。

幹次郎が頷いて、話を代わった。

「さらに小次郎を長吉さんが責めました。が、辺見弥三郎がなにを企んで奈実を吉原に送り込んだか、内容はなにも聞いてないと言い張りましてな。小次郎はおそらく詳しい事情を知ってはおりますまい」

「そこでな、梅園を玉屋に世話した女衒の虎三が、これまで何人女を吉原に世話したか、その人数と女の身許を洗い直した」

と四郎兵衛が話を展開させた。

「二年前、新希楼《しんきろう》に売られてきた女が初めて店に出た夜に御家人の南条直次郎《なんじようなおじろう》と心中立てをやったことがあったな」

「はい、確かに。女の名は小蝶《こちよう》、十八、九にございましたな」

仙右衛門が記憶を辿った。

四郎兵衛が首肯《しゆこう》し、長吉、と会所の小頭の名を呼んだ。

長吉が畏まって話し出した。

「小蝶こと本名辺見佐夜《さよ》は、割下水若衆組の頭分弥三郎の姉でございました」

「辺見ですと」

仙右衛門が驚愕して叫んだ。

幹次郎と長吉は四郎兵衛の指示で先刻再び虎三を訪ねていた。脅したりすかしたりした末に、虎三はようやく小蝶の本名や実家について喋ったのだ。

「なんと……」

若い衆三人からも驚きの声が上がった。

「神守様、ここいら辺りに梅園こと奈実が吉原に潜《もぐ》り込んできた曰くが隠されていましょうよ。しっかりと腰を据えて調べなされ」

四郎兵衛が幹次郎らに新たな指示を出した。


ふたたび幹次郎と長吉は割下水の探索に戻った。

「神守の旦那、四郎兵衛様の睨んでいる通り、弥三郎の姉が二年前に虎三の手で吉原に売られ、心中騒ぎを起こしたこととこたびの一件はつながりますぜ」

「それがしも同感じゃ」

船上から辺見屋敷の出入りを終日監視して、ふたりはよれよれのお仕着せを着た老小者の種七《たねしち》に目をつけた。

種七は夕暮れ前、北割下水から離れた小梅村に向かい、百姓家から屑野菜などをもらってきて夕餉の菜《おかず》に加えていた。

横川の北の端に業平橋《なりひらばし》が架かっていて、橋の袂に葦簀《よしず》掛けの茶店《ちゃみせ》があった。堀を往来する船頭や馬方相手に酒も出せば、めしも食わせる安直な店だ。

長吉は幹次郎を茶店で待たせると、小梅村の方角に姿を消した。四半刻も過ぎた頃合、竹籠を背負った種七を連れてきた。

「種七さん、心配はいらねえ。このお方は辺見様のお屋敷にためにならねえお侍じゃねえから」

と言い聞かせると種七に茶碗を持たせて、なみなみと酒を注いだ。

「おめえさんはなにを聞きたいというんで」

種七が怯えた目で幹次郎と長吉を見た。

「まあ、一杯空けてくんな。話がしにくいや」

幹次郎も長吉も湯飲みの酒をぐいっと呑んだ。それにつられたように種七も茶碗酒を空けた。

「なんでえ、父つぁんはいける口じゃねえか」

二杯、三杯目が種七の喉に落ちた。萎びた顔に生気が漂ってきた。

「父つぁん、おれが知りたいのは佐夜様のことだ」

「佐夜様……もう何年も前に亡くなられた姫様だ」

「二年前のことだ、父つぁん。おめえは佐夜様がどんな風に亡くなられたか知っていなさるか」

「許婚《いいなずけ》の南条直次郎様と心中しなさったのさ」

種七は自ら徳利の酒を注いで呑んだ。

「佐夜と直次郎がどこで心中立てに及んだか承知だな」

「殿様も奥方様も隠しておられました。ですが、佐夜様が殿様の病気の治療代のために吉原に身売りされたことも、直次郎様と吉原で心中されたことも、奉公人のだれもが知っておりました」

「心中を知った辺見右京様と奥方の様子はどうでしたな」

「殿様はなんの表情も見せられてはおらぬと聞いています、ただ」

と言った種七はしばし黙り込んだ。

「ただ、どうしたえ」

「佐夜様の亡骸が屋敷に戻ってくるのかどうかと案じたそうです」

「女郎と客の心中立ては吉原が無縁墓に埋めて終わりよ」

「それを聞いた殿様はほっとされたそうな」

「ほっとね。奥方様はどうだ」

「奥方様はその話が屋敷に伝わってきたあと、何日も奥に籠もりきりでした。泣き暮らしておいでだったでしょうな」

「なんとね」

「おまえさん方は貧乏旗本の暮らしを知るまい。無役《むやく》が長くなればなるほど懐具合は最悪だ。禄米《ろくまい》は何年も先まで札差に抑えられてなんの望みもねえ。何年も前から、わしがこうしてくず野菜や雑穀《ざっこく》をあちらこちらに頭を下げてよ、もらってきて飢えを凌《しの》ぐ日々だ。そんな最中にさ、佐夜様の身売り話を弟の弥三郎様が奥に持ち込んだのよ」

「なんと弟が姉の……」

さすがの長吉も幹次郎も驚いた。

「それかりじゃねえ」

と種七の両眼がみるみる潤《うる》んだ。

「廓に行ってよ、南条直次郎様と佐夜様の心中を唆したのは弟の弥三郎様と聞いていますよ。この世は地獄、ふたりが結ばれるのはあの世しかないと言ってね」

「弥三郎は二十歳前だな」

と長吉が質《ただ》した。

「ああ、一応直参《じきさん》旗本だ。体面は要るがそいつを保つ銭がねえ。これが北割下水の貧乏旗本の暮らしですよ」

と種七が残った酒を呑んで、ふうっと息を吐いた。

「……南条直次郎の屋敷も北割下水でした」

その夜、長吉は四郎兵衛や仙右衛門に報告した。

「弥三郎は、直次郎と佐夜の心中立ての一件をタネに吉原から金を引き出せると考えていたようで、ふたりの心中沙汰は廓の、新希楼のせいだと強請ったそうな。ところが新希楼は、何十両もすでに支払っているのはうちだ、佐夜を稼がせる前に心中を唆すなどとんでもないと断ったそうな。このような話は、種七のまた聞き話でしてね、真かどうかは分かりませんや」

と小頭の長吉が吐き捨てた。

「いや、そのころ、新希楼は女郎の心中の一件で強請たかりを受けたという話を聞いたな、まさか弟の弥三郎が動いていたとは」

と呆れ顔の仙右衛門が応じた。

「種七の話ではそのようで」

「新希楼では会所を煩《わずら》わせずに自分たちで始末をつけなさったようだ」

「私は知らぬぞ」

と四郎兵衛が憮然とした顔をした。

「仙右衛門、新希楼に直接会ってこのことを問い質せ、相分かったな」

「はっ、早速にも」

四郎兵衛が懐から半紙を出した。

「本日、梅園が汀女様のところで詠んだ俳諧は『江戸の町　火逆りて　梅雨が去る』というものじゃ。汀女様が集まりの後、俳諧は怒りをぶつけるものではない、心の平穏を保つためのものと説得されたそうじゃが、梅園はもはや集まりに出ることはないと捨て台詞を残して消えたそうな」

「前の句は『梅雨あけて　三千世界　炎立つ』でしたな。ふたつの句に共通することは、梅雨があけるのを待って、炎や火が出ることをほのめかしていること」

仙右衛門の言葉に四郎兵衛が応じた。

「どうやら割下水若衆組の弥三郎は、姉の佐夜の一件で一文も稼げなくなって、こたび火つけをさせるために奈実を吉原に送り込んできたとみえるな」

「なんとのう。それにしても奈実はなぜかくも繰り返し、火つけのことをほのめかしているのでございましょうな」

四郎兵衛が沈黙したままの幹次郎を見た。

「汀女が申しますにはふてぶてしく見えても奈実はまだ十九、弥三郎に命じられたことが怖くてしょうがない。だれかに訴えたいが、弥三郎も裏切れない。それでこのような、警告を込めた句を詠んだのではないかと」

四郎兵衛が大きく頷き、

「吉原にとって梅雨あけは待ち遠しいもの、客足が戻ってくるでな。じゃが、火つけは困る。なんとしても未然に防がねばなりませぬ」

四郎兵衛は一座の者たちにおのおの指示を出した。

散会する前に四郎兵衛は、幹次郎に今少し付き合ってくだされと、会所に残るように命じた。

仙右衛門らは会所から消えた。

「幹次郎様、会所の仕事はどんな風にございますな」

「なんの役にも立たず、心苦しい」

「なんのなんの、刀を振り回すばかりが吉原裏同心の務めではありませぬぞ。未然にことを防止する、これこそ大事なのです。汀女様がもたらされた情報《はなし》からこのようなそら恐ろしい企みが分かったのです。神守様と汀女様は十分な働きをなされてますよ」

廊下に足音がして、去ったばかりの仙右衛門が遣手風の年増を連れてきた。

「新希楼のお米《よね》さんと大門のところでばったり会いましてな、あちらのご内証はすべてお米さんが承知です。そこでちょいと時間を拝借しようと思いまして」

仙右衛門が四郎兵衛に言い、

「お米さん、先ほど話しかけたことを頭取にな」

と促した。

「四郎兵衛様……」

吉原の表と裏を仕切る男の前に誘い出されたお米は困った顔をして躊躇《ちゅうちょ》した。

「新希楼のためになることとです」

四郎兵衛が言い切った。

頷いたお米は、

「いえね、小蝶さんが心中しなすった後、弟と名乗る若い侍が新希に来ましてね、姉が死んだのはうちの扱いが無法だからだ、金を出せと脅しをかけてきたんですよ。旦那は会所に知らせようと言われたんだが、女将さんが一々こんなことで会所を煩わすのもなんだからって、金は廓の外で渡すと騙して大門の外に連れ出した。それで若い衆が大勢で殴る蹴るの袋叩きにして日本堤に放り出したそうなんで……」

と二年前の顚末を喋った。

「よう話してくれたな。あとは会所に任せよ」

お米が辞去した後、

「これで弥三郎が吉原を燃やそうとしている曰くがようやく呑み込めたな」

と四郎兵衛が言い、幹次郎に命じた。

「幹次郎様、長吉の他に何人か会所の者をつけます。やつらが動き出すまでぴったりと監視してくだされよ」

四

天明六年の長梅雨があけた。

じっとりと重く湿っていた大気が日一日と乾いてきて、かっと照りつける日差しが本所北割下水に落ちていた。すると北割下水につながって張り巡らされた大小のどぶからぶくぶくと気泡が立ちのぼり、新たな異臭を放った。

この夜、幹次郎は猪牙舟に乗り、五つ（午後八時）過ぎに赤熊に顔を出した。

奥座敷には割下水若衆組が四、五人集まって、長煙管から煙を吐き出していた。いつものように入り口近くに腰を下ろした幹次郎に小僧が二合徳利と塩を盛った小皿を運んできた。

幹次郎は嘗めるように酒を呑んで、ときが来るのを待った。

旗本四百石ともなると拝領屋敷はおよそ六、七百坪の広さがあった。長年、手入れをされていない塀がぐるりと取り巻いていた。

その辺見屋敷の門前を遠望できる堀に荷船が泊められて、長吉らが出入りを監視していた。

割下水若衆組はなにごとを起こすにも赤熊に集まり、弥三郎の指示の下に大勢で行動した。旗本御家人の子弟とはいえ、まともに武術の稽古を積んだ者はいない。そこで弥三郎は数を頼んで乱暴狼藉《ろうぜき》を繰り返す方法を取った。おそらく吉原の新希楼にひとりで強請をかけ、反対に若い衆に袋叩きに遭ったとき、学んだのだろう。

この夜五つ半（午後九時）を過ぎても、割下水若衆組の集まりは悪かった。

新しく入ってきた職人のふたり連れが幹次郎の隣に座り、

「いやなものを見ちゃったぜ」

「死体なんぞは珍しくねえが、奥の連中のかたわれではな」

「今に割下水じゅうが大騒ぎになるぜ」

ふたりは汚《けが》れを落とすように酒をがぶ呑みした。

幹次郎は卓を立つと破れ笠を手にした。

北割下水に行くと西側のどんじり付近でちらちらと灯りが動いていた。

幹次郎が歩み寄ると、長吉らが竹竿《たけざお》の先でうつぶせになった骸を表に返したところだった。

「根岸小次郎……」

長吉の口からその言葉が漏れた。

幹次郎は小次郎の顔に殴られた跡が無数にあるのを見ていた。死因は首筋の斬り傷だ。

「長吉、弥三郎らは姿を見せぬか」

「へえっ、今日は五、六人が屋敷の通用口を潜ったまま出てこようとはしませぬ」

「赤熊の集まりも悪い。弥三郎らが屋敷におるかどうか調べたほうがいい」

長吉が頷くと、会所の若い衆のひとりが辺見屋敷に走った。

幹次郎は猪牙舟の舫ってある岸に戻った。すると月明かりの中を忍び寄ってきた一団が抜身の槍を翳して、船に残っていた船頭役の哥次《うたじ》に突きかけようとしていた。

「待て!」

動きが止まって、一団が幹次郎を見た。

「助かった」

哥次がほっとした声を上げた。

五人のうちの三人が槍を構えていた。その中に辺見弥三郎の顔はない。

「やっぱり怪しげな舟だぜ。浪人者が仲間だ」

「赤熊に顔を出す野郎だぜ」

槍の穂先が水上の舟から幹次郎に移されようとした。

幹次郎は腰を沈めると一気に走った。間合を一瞬のうちに詰めた幹次郎の右手が無銘の長剣の柄にかかったとき、二尺七寸が一条《ひとすじ》の光になって抜き上げられていた。

眼志流浪返し。

幹次郎の剣は掬《すく》い上げるように二本の槍の柄と千段巻《せんだんまき》を両断して、返す刀で残る黒柄の槍をふたつに切り離した。

「うあっ！」

衆を頼んで無抵抗の者を不意打ちして倒してきた割下水若衆組の口から、思わず悲鳴が漏れていた。五人が後退りして逃げ腰になった。

「辺見弥三郎はどこにおる」

大切っ先が立ち竦む五人に突きつけられた。

「あわあわあわっ……」

五人が言葉にならない音を発した。

「答えねば素《そ》っ首《くび》を叩き落とすぞ」

「よ、吉原に……」

中のひとりが答えたとき、辺見屋敷の方角からばたばたと足音がして長吉らが走ってきた。

「弥三郎はいませんぜ」

「吉原に潜り込んだようじゃ」

長吉が五人の若衆組を見て、糞っ！　と罵り声を吐き、猪牙舟に飛び乗った。

幹次郎も抜身を提げたまま、船に跳《と》んだ。

昼間の名残りの暑さを残した風が吉原田圃を吹き抜けていた。

御免色里と呼ばれる遊廓吉原の商い仕舞いは四つ（午後十時）の刻限だ。だが、稼ぎどきの夜見世がわずか二刻では商いにならない。そこで公儀のその筋に願って、夜九つ（午前零時）まで大門を開けておくことを黙認されていた。むろんその筋にはそれなりの金子が動いてのことだ。

この黙認された九つを「引け四つ」と称して、それまで大門は開かれ、廓内の灯りは点されていた。

夜四つ時分、客の数も落ち着いてきた頃合、梅園に初めての客があった。

若い侍は半籬の格子越しに梅園を見ると見世番《みせばん》に、

「あの女を」

と言った。

「お侍、梅園さんかえ、気位が高いよ。やめておいたほうがいいと思うがね」

「あの女を頼む」

夏羽織を着た若侍は見世番に一朱を摑ませた。

「梅園さん、お客だよ」

見世番が声をかけたとき、すでに梅園は格子の向こうで立っていた。

「ほんにあのお女郎はやりにくいぜ」

老舗の大籬の客は引手茶屋から来るが、半籬以下の見世では格子越しに交渉が済む。

妓楼の二階の階段口には遣手といわれる年増がいて、引手茶屋からの客、馴染客と振りの客とを分けて応対する。玉屋の遣手のかつは梅園に客がついたと聞いて立ち上がり、階段を上がってきた若侍を見た。夏の羽織を粋に着て、江戸者かと見当をつけた。

「おや、いらっしゃいな」

若侍は、

「世話をかける」

と丁重に挨拶し、二朱をかつに握らせた。

「有難うございますね」

部屋に通した若侍に続いて梅園が二階へ姿を見せた。いつものぶっちょう面《づら》だが、どことなく上気《じょうき》しているように見受けられた。

梅園が部屋に入ると、

「奈実、吉原の暮らしはどうだえ」

と客の若侍弥三郎が声をかけた。

「おまえさんはすぐにも顔を出すと言ったじゃないか」

「こっちも忙しいや」

「なんかあったの」

「まずは酒だ」

梅園は遣手のかつに酒を、と声をかけた。かつは帳場に酒の注文を通した後、若衆を会所に走らせ、梅園に若侍の客がついたことを知らせた。

酒が運ばれ、ふたりは杯に酒を満たして呑み干した。

「会いたかったわ」

梅園から弥三郎にしなだれかかり、抱き合った。

「どうも割下水に吉原の野郎どもが潜り込んでやがる。小次郎が捕まって喋りやがった」

「弥三郎」

梅園こと奈実がびっくりした顔をした。

「火つけはやめるの」

「やめてたまるか。あれこれと曰くがあらあ、吉原を火の海にして逃げ出すぜ。これで女郎たちも大喜びさ」

梅園は弟の弥三郎に唆されて心中した小蝶の死の真相を知らず、姉の恨みを晴らすための火つけであるとも告げられていた。

「今晩なの」

「今晩さ」

「じゃあ大門を潜ったのは弥三郎ひとりじゃないのね」

「大五郎《だいごろう》たち五人が潜り込んでる。大五郎は切見世だ。おれだけが安女郎かってわめいていたぜ」

笑った弥三郎は奈実のぞろりとした振袖の裾に手を差し入れ、

「奈実、おめえの大事なとこへ男を何人くわえこんだえ」

と一端《いっぱし》の悪党ぶった。

「弥三郎、おまえの命《めい》じゃないか。年寄りじじいなんぞに言い寄られると寒気がしたよ」

「口直しをしてやろうか」

「吉原じゃ初会《しょかい》から抱き合うのは野暮天《やぼてん》のすることと嫌われるよ」

「おまえとおれの仲だぜ」

ふたりは布団の上に抱き合って転がった。


四郎兵衛会所の頭取は遣手のかつを通じて、梅園のところに若侍が上がったと聞かされ、吉原の火消しに召集をかけた。

吉原二万七百余坪は火消しもまた他の町とは独立した組織を持っており、見世ごとにその費《つい》えを負担していた。見世の間口に応じて公役銀の額が決まっており、妓楼、茶屋など上等の見世は京間五間を、中等は七間を、下等は十間を一人役《いちにんやく》として、その一人役ごとに人足十五人を出すべしと計算した。さらに人足一人に銀二匁《もんめ》と換算して公役銀を支払う義務を負っていた。

四郎兵衛会所はこの金で独自の消防組織を保持していたのだ。むろん吉原から火が出た場合、いろは四十八組もただちに繰り出す。だが、大門内には入らず、先着の五組のみが五十間茶屋の屋根に纏《まとい》を横にして待機し、残りは日本堤にて待つのを習わしとした。

四郎兵衛がこの夜、密かに集めたのは吉原火消しであった。

引け四つの拍子木が鳴り、吉原は眠りに就いた。

弥三郎と奈実は汗みどろに抱き合った布団から起き上がった。

「火が出たら逃げ出すぜ」

奈実は黙って頷くと廊下の端にある行灯部屋へと忍んでいった。

角町の一角から、

「火事だ！」

の声が上がり、会所から火消したちが飛び出していった。

奈実が行灯部屋に忍び込むと油の臭いが濃く漂っていた。奈実は用意した火打ち石で付け木に火を点し、たくさん並んでいた行灯のひとつに火をつけた。そして部屋の隅に積まれた油樽に手をかけた。

そのとき、人の気配を感じて振り向いた。

「汀女様……」

部屋の隅に汀女が端座《たんざ》していた。

「奈実どの、吉原を灰燼《かいじん》に帰さしめて喜ぶのはだれにございますな」

奈実は返答に窮して、きいっと睨んだ。

「貧しさゆえに身売りする女は、辺見佐夜様だけではありませぬ。それに佐夜様はまだ吉原に恩も返さぬうちに許婚の南条直次郎どのと心中なさった。吉原は辺見家と南条家に迷惑をかけられこそすれ、恨みに思われる謂《いわ》れはありませぬ。奈実どの、そなたらは旗本の名に恥の上塗りをなさる気か」

「おまえのさかしらな顔が許せぬ」

奈実は油樽を行灯の火にぶちまけようとした。

汀女がすっくと立つと、懐に差していた扇子《せんす》でぴしゃりと奈実の手を叩いた。

「吉原が火事になって泣くのは、女にございますぞ」

汀女の叱咤《しった》に奈実の腰が崩れ落ちた。

「火事だ！」

の声はあちこちから起こっていた。

弥三郎はいらいらして奈実の戻りを待っていたが、待ちきれなくなって廊下に出た。すると階段のところに遣手のかつが顔を覗かせ、

「梅園さんをどうしたえ、弥三郎よ」

辺見弥三郎は自分の名が呼ばれて、企てが吉原にばれていることを悟った。

「糞っ！」

腰には刀はない。それが弥三郎を恐怖に駆り立てた。

「ばばあ、どけっ！」

廊下を走ると遣手を階段から蹴り転がし、自分も数段飛びに駆け下りた。

玉屋の表口では火事に備えて大戸を半分ほど開けて、外の様子を牛太郎《ぎゅうたろう》と呼ばれる客の呼び込み役の男が見ていた。

その背に体当たりして表に突き転がした弥三郎は、吉原を北東から南西に貫《つらぬ》く仲之町へと走り出た。

大門とは真反対の突き当たりにある火の見櫓《やぐら》で半鐘《はんしょう》が鳴っていた。

火消したちが梯子《はしご》と鳶口《とびぐち》を持って火事場に走っていた。

火の手は二か所、羅生門河岸と京町二丁目筋だ。

「火つけした野郎を逃がすんじゃねえぞ！」

血相変えて火消しが走っていった。

弥三郎は仲之町を陰を伝って大門に走った。

すると、面番所の同心や小者が大門に立ちふさがって、火事の報に逃げ出す客の顔を改めていた。

弥三郎は歩を緩めて、帯を締めながら妓楼から飛び出してきた職人風の男たちの中に紛れた。

「くそっ！　これから肝心というときによ」

「留《とめ》、膝小僧抱えてひとり寂しく寝ていたのはだれだ」

「竹《たけ》、てめえだって回し部屋に押し込まれた口じゃねえか」

職人たちの仲間に加わったふりをした弥三郎は面番所にかかった。

「神田佐久間町の左官《さかん》、源兵衛《げんべえ》のとこのものです。火事じゃあ、泊まりもなるめえ、通りますぜ」

兄貴株が隠密同心に言い訳すると大門を出ようとした。

「そなたは武家じゃな」

同心がひとり異なる風体の弥三郎の姿を咎めた。

弥三郎はいきなり職人の背中を突くと、職人は同心に絡《から》んで尻餅をついた。

「おのれ、何をする！」

「わっしじゃねえよ」

地面に転んだふたりが喚き合った。

転がった同心の刀の柄が弥三郎の目に入った。弥三郎はそいつをやにわに掴むと、

「どけ、どきやがれ！」

とばかりに抜身を振り回して、大門の外に逃れた。すると五十間道の上に町火

消しが整然と並んでいるのが目に入った。

弥三郎は編笠茶屋の間に抜ける路地に走り込んだ。さらに路地を曲がった。

「御用御用！」

と追跡してきた追っ手の気配が遠のいた。

小さな広場に出た。

浅草田圃に逃れれば隅田川を越えて割下水に戻れる、そう弥三郎が幻想したとき、行く手にひとつ影が浮かんだ。

「だれだ」

「辺見弥三郎だな」

破れ笠を被った長身の男は両手をだらりと下げていた。

「吉原裏同心」

「なにっ！」

「殺し、火つけ、足抜、そなたの重ねた罪の代価はどう差し引いても獄門台《ごくもんだい》。それがしが姉の佐夜のところに送ってやろうか」

「赤熊でおれたちを見張っていたのはおめえか」

弥三郎は面番所の隠密廻り同心から奪った抜身を振り翳すと、

「死ね！」

と突っ込んできた。

神守幹次郎の左手の親指が鍔を弾《はじ》き、右手が柄にかかって抜かれた。

眼志流浪返し。

小早川彦内から盗み取った秘伝の技が白い光になって辺見弥三郎の腹を襲い、深々と両断した。

「あっ！」

悲鳴を上げて足をもつれさせる弥三郎の首筋に虚空で反転した二尺七寸の大切っ先が落ちて、切り裂いた。

どさり。

若さと貧しさゆえの悪行だ。せめて苦しむことなくあの世に旅立たせたかった。

弥三郎が地面に転がった。

幹次郎は片手拝みに冥福《めいふく》を祈ると、広場から闇に走り込んだ。

その直後、面番所の同心たちが御用提灯を翳して、姿を見せた。

七代目頭取の四郎兵衛は、広場の一角から幹次郎の憐憫《れんびん》の所業を見届けていた。

「汀女様といい、幹次郎様といい、あの夫婦は拾いものであったな」

呟きが口から漏れ、すでに火は消し止められた吉原の廓内へと四郎兵衛は足を向けた。

第四章　切見世女郎

一

吉原では七月朔日《ついたち》から晦日《みそか》まで仲之町の引手茶屋の軒先に灯籠《とうろう》を点す。だが、十三、十四日の両日はいったんやめ、十五日よりふたたび点灯した。朔日から十二日を前の灯籠、十五日からのものを後の灯籠と称した。

これは享保十一年（一七二六）三月二十九日に亡くなった中万字屋《なかまんじや》の抱え遊女玉菊《たまぎく》の霊魂を慰める祭りとして始められたから、玉菊灯籠とも呼ばれた。

最初は灯籠も赤と青の筋を入れただけの箱提灯であった。が、時代とともに手が込んだ切子《きりこ》灯籠や走馬灯《そうまとう》が飾られるようになり、江戸の四季や東海道五十三次などの風景が美しく描かれるようになった。

七月の今ひとつの行事が七夕《たなばた》だ。

各妓楼の遊女たちは、白扇《はくせん》や短冊《たんざく》に腰折《こしおれ》の一首を詠んで葉竹に飾って競った。

そんなわけで汀女の俳諧の集まりには、普段俳諧など見向きもしない女郎たちが顔を見せるようになって、

「お師匠様、なんぞ分限者《ぶげんしや》の客に身受けされそうな俳諧を教えてくんなまし」

「わたしは井筒《いづつ》さんのように欲深ではありませぬ。若くて金払いのいい客を一人ふたり手取りにする五七五の手解きをお願いいたします」

と賑やかになった。

汀女は季語すら知らない遊女たちに好きなように言葉遊びをさせて、その遊女らしい思いをかたちに整えさせた。

最初から汀女のところに通う常連の女郎たちは、

「お師匠様は俄《にわ》か弟子にえらくお優しい」

と文句をつけたが、

「七夕は時節の言葉遊び、趣向を凝らされればよいのです」

と汀女は笑っていた。

俄か弟子が増えた汀女にとって、気がかりは梅園が汀女の許に顔を見せないこ

とだ。

あの夜、行灯部屋で汀女に叱責された梅園は、反抗の姿勢を見せた。が、

「どうしても辺見弥三郎どのと吉原を焼き尽くすというのなら、この汀女を殺して火を放ちなされ」

と肺腑《はいふ》を衝《つ》く言葉を放った。そして、汀女が静かに瞑目しようとしたそのとき、

「わあっ！」

という喚き声を発した梅園が汀女の膝に縋って、泣き崩れたものだ。

夜明け前、騒ぎが静まった。

梅園の身柄は四郎兵衛と妓楼玉屋実右衛門に任され、梅園が火つけ騒ぎの関わりの者であることは秘せられた。

梅園に大金を支払った玉屋の意向を汲んでのことだ。そして汀女も梅園の助命を四郎兵衛に願っていた。

辺見弥三郎の死が梅園に知らされたのは火つけ騒ぎの翌日のことだ。そのことを四郎兵衛から聞かされた梅園は歯を食いしばって、ひと言も言葉を発しなかったという。

玉屋では梅園が落ち着くまで見世に出すことを控えた。

汀女はそんな梅園に宛てて何通かの文を書いていた。

が、まだ返書はなかった。

遊女三千人の思いを込めた句が葉竹を飾った宵、汀女が四郎兵衛会所の前を腰をこごめて挨拶して通りかかると、番方の仙右衛門が、

「汀女様、頭取がそなたに用事じゃそうな」

と呼び止めた。汀女が奥座敷に伺うと、そこには神守幹次郎がいた。

「格別に用があったわけではない。亭主どのと雑談をしてな、汀女様の帰りの刻限が近づいたでお呼び立てをしたまで」

と笑った。

「姉様」

幹次郎が膝の上に置いた小さな紙包みを示して、

「四郎兵衛様からご褒美をいただいた」

と、ちょっと困った顔で言い出した。

褒美は過日の始末料五両という。

「四郎兵衛様、夫婦ふたりが生きるに十分な給金をいただいております。その上にこのような……」

「神守様も汀女様も欲がございませんな。そなたらがし遂げた仕事に比してな、高が知れた額です。あって困るものでもなし、気持ちよく納めてくだされ」

と、その話題に蓋をするように言った四郎兵衛は、

「汀女様、妓楼の主たちが汀女様の俳諧の教えを褒めそやしまして、今年の七夕は立派にできたと喜んでおりますぞ」

と満足そうな笑みを浮かべたものだ。

四郎兵衛の褒美は五両の金だけではなかった。

大門から日本堤に続く五十間道の路地に店開きした天麩羅のふじのやに席を取ってあるという。

「たまにはな、ふたりで流行りの天麩羅を食して帰りなされ」

「なんとこの上ご馳走まで……」

幹次郎も汀女も旅の途中に街道のめし屋には入ったことはある。だが、料理茶屋などに足を踏み入れたことはない。

ふたりはふじのやの藍染めの暖簾をおそるおそる潜り、幹次郎が名乗ると、

「四郎兵衛様のお客さまかえ」

と二階の小座敷に通してくれた。

初秋の夕暮れ、開け放たれた窓からさわやかな涼気と一緒に虫の声がしてきた。

「吉原界隈も裏手に入るとのどかですね」

「暑さも峠を越えたな」

四郎兵衛は夫婦のためにすでに料理を注文していた。

白身の造りと香のものと酒が女将の手で運ばれてきた。

「馳走になる」

「お侍さん、天麩羅屋なんて料理茶屋のようにしゃっちょこばるとこじゃございません。気楽に呑み食いしていってくださいよ」

女将が笑い、ふたりの杯に熱燗《あつかん》を注いで姿を消した。

「姉様、天麩羅とは初物じゃな」

天麩羅は天明（一七八一～）のはじめに江戸で流行り始めた食べ物だ。この時代には屋台で売られることが多かった。

蜀山人《しょくさんじん》（大田南畝《おおたなんぽ》）が異郷から渡来した新奇な食べ物の名を考案したとか、山東京伝《さんとうきょうでん》が名づけたとかいろいろと取り沙汰されていた。

ともかく江戸の内海で獲れたさいまき海老《えび》、貝柱、穴子、鯊《はぜ》、鱚《きす》、いか、鯒《こち》、ぎんぽうなどを衣をつけて油で揚げた食べ物は食通や庶民の間で圧倒的に支持された。

「幹どの、頭取になんぞ新たな仕事を頼まれなさったか」

「いや、格別に仕事の話はなかった」

と幹次郎は答えたが、

「玉菊灯籠見物に南町奉行山村信濃守《やまむらしなののかみ》様が吉原に来られるそうじゃ」

と四郎兵衛との雑談に出た話を告げた。

「お奉行様が吉原に」

町奉行が遊廓に足を向けるなど、汀女には考えもつかなかったので驚いた。

「いや、それがしもびっくりしたがな、南北の町奉行は一年一度、相伴って吉原巡視に来る慣例があるそうな」

「とすると北町のお奉行様もご一緒でございますか」

いや、それが違うと、幹次郎が聞きかじりの話を汀女に告げ始めた。

そもそも吉原は町奉行所の支配、その長である町奉行が巡察に来ても不思議はない。この恒例の巡察には槍持ちなどをにぎにぎしく従え、長棒の乗物で五十間道を下り、大門の前で下りた。

新吉原誕生の折りから高札には、

一　医師の外《ほか》、何者によらず乗物一切無用たるべし
附　槍、長刀門内へ堅く停止《ちょうじ》たるべき者也

と決まりごとがあり、いかに町奉行といえども乗物での通用は認められなかったからだ。当然槍も門外に留めおかれたという。

両奉行巡視を面番所の同心たちは土下座で待機し、廓内の町名主、月行事《がちぎょうじ》らも緊張して迎えた。

この両奉行巡察の間は、いつもは賑やかに響いてくる清掻《すががき》も禁じられた。

「この度の巡察は南町だけだそうな」

「それはまたなぜにございますな」

「それはな、それがしとも関わりがなくもない」

汀女がびっくりして幹次郎の顔を見た。

「幹どのに……」

「先ごろ辺見弥三郎を処断したのはそれがしじゃ。じゃが、それがしが弥三郎を斬ったのを知っておるのは四郎兵衛様ら限られた者だけ……」

幹次郎は弥三郎を処断したのを四郎兵衛が目撃していたと後に知らされた。

「四郎兵衛様、僭越《せんえつ》の仕業にございましたかな」

と訊く幹次郎に、

「神守幹次郎様、あれでよいのです」

と頷いたものだ。

幹次郎は膳にある杯を口に持っていった。が、杯は空であった。

「気がつきませんでしたな」

汀女が新たな酒を注ぎ、幹次郎はわずかに嘗めただけで膳に戻した。

「それがしが姿を消した後、面番所の隠密同心村崎季光どのが辺見弥三郎が倒れておる現場に駆けつけられ、亡骸を収容なされた……」

刀を奪われるという失態をしでかした同心の村崎は小者だけしか同道していなかったことをよいことに、辺見弥三郎が逃亡の上、抵抗したので斬り捨てたと会所に連絡してきたという。

あの夜、弥三郎の指示で火つけを行い、騒ぎを起こそうとした割下水若衆組は佐々木《ささき》大五郎ら五人であった。

大五郎は羅生門河岸の低級な遊女らが商う切見世で火つけをしたところを見つかり、客や切見世の男衆に袋叩きにあって殴り殺され、残る四人は手捕りにされて面番所に連れていかれた。

辺見ら割下水若衆組の全員を捕縛したり、始末したりしたのは、吉原会所の手先たちであり、幹次郎であった。

だが、村崎季光は面番所の面々が捕縛したように南町奉行所には報告した。

「なにしろ割下水で殺し、強奪を繰り返してきた旗本、御家人の次男三男たちを吉原の面番所の同心が捕まえて、火事を未然に防いだというので、奉行の山村信濃守様も村崎様に脇差《わきざし》一振《ひとふり》を贈られて、お仲間の前で褒められたそうな。そこでな、山村様も特別に吉原を巡視して火つけなどが起こらぬように見廻られることになった」

幹次郎は笑うと、

「四郎兵衛様はな、山村奉行の真の狙いは帰りに会所に立ち寄って茶菓の接待を受けることにあると申された」

「山村様は茶菓がお好きなので」

「隠密同心が吉原で手柄を立てた場合、応分の金子がな、巡察の奉行に渡されることもあるらしい。南の奉行はことのほか、山吹色《やまぶきいろ》の茶がお好きと四郎兵衛様は苦笑いされておった」

「火つけを未然に防いだのは四郎兵衛会所の方々と幹どのではありませぬか」

「姉様、会所の務めもそれがしの働きも陰のもの、仕方あるまい」

幹次郎が笑ったとき、大皿に盛られた天麩羅が運ばれてきた。

「おお、これはなんと香りのよいこと」

「うまそうじゃな」

ふたりは初めて目にする天麩羅をしばし黙って見つめていた。


七夕の時季、吉原には遊女の顔を見るついでに七夕見物をする客が押しかける。夕暮れより夜にかけて押すな押すなの客が大門を潜って、遊女たちが詠んだ短冊を見て回り、あれこれと能書きを言い合ったりして賑わった。

この七夕飾りも八日には取り下げられ、玉菊灯籠だけが軒下に揺れていた。

続く十日は浅草寺の四万六千日《しまんろくせんにち》。この日にお参りすると長生きするというので大勢の参詣《さんけい》客が金龍山《きんりゅうざん》の山門を潜り、ちょこっとお参りしては裏手の吉原へと足を向けた。

汀女は、吉原の昼見世と夜見世の間の刻限に開かれる俳諧の手習いに出かけていた。

南町奉行山村信濃守が吉原巡察に来るこの日の夕刻、昼前から残暑がことのほか厳しく、幹次郎は左兵衛長屋の階下で涼気が戻る夕暮れを待っていた。

縁側では汀女が丹精した鬼燈《ほおずき》の鉢がだらりと葉を垂らしている。

鬼燈に　残暑の光り　からみ落ち

そんな腰折が浮かんだとき、

「幹やん、いるかえ」

と岡藩の中間の甚吉が一升徳利を提げて顔を見せた。

「江戸の暑さは堪《た》えられぬな。竹田が懐かしくなる」

汀女が昼餉に食べなされと水を張った木桶に冷やしていった豆腐をふたつに切り分け、茗荷《みょうが》を刻んで載せて肴代わりに出した。

「姉様が留守に悪いな」

と言いながらも、酒好きの甚吉は舌なめずりしている。

「たまには日の高いうちからの酒もよかろう」

狭い庭にのぞむ八畳間で豆腐を肴に茶碗酒を始めた。

一気に一杯目を喉に落として唸《うな》った甚吉が、

「幹やん、気をつけないかんぞ」

と言い出した。

幹次郎はちびちびと嘗めるように呑んでいた茶碗を手に、視線を甚吉に向けた。

「二日前のことじゃ、新しく江戸留守居役になられた立藤儀右衛門《たてふじぎえもん》様を訪ねて三人の浪人者が藩邸に来た。おれはたまたま門番のところで油を売っていた……」

長旅をしてきたことを示して道中袴の裾も埃《ほこり》に塗《まみ》れていた。中のひとりが背中に背負った道中嚢《ぶくろ》から書状を出して、玄関番の若侍に渡した。残ったふたりのうち、長身の浪人は槍を携《たずさ》えていた。

「国許の藤村壮五郎様より御留守居様にでございますな」

念を押した玄関番が奥へと姿を消した。

甚吉は手の箒《ほうき》をぶらぶらさせながら、無精髭の顔に汗を浮かべた浪人のひとりに、

「国許は変わりございませんか」

と訊いた。

書状を玄関番に差し出した中年の浪人が、じろりと甚吉を射竦《いすく》めるように睨むと黙殺した。

「すまんこって、ついなれなれしゅう口を利いてな」

三人は留守居役の御用部屋へと通された。

「幹やん、立藤様は姉様の亭主藤村壮五郎の遠い縁戚や」

幹次郎は小さく頷いた。

「三人の浪人は半刻ほど立藤様と話され、その夜は馬喰町《ばくろちょう》の旅籠に泊まったそうな。長屋の噂だとな、三人は剣術の達人で、藤村が金で幹やんと姉様を倒さんと雇った剣客というぞ」

「名は分かるか」

「首領格が木下常八《きのしたじょうはち》、槍が藤堂新之助《とうどうしんのすけ》、三人目が岡崎儀助《おかざきぎすけ》じゃ」

「まだ馬喰町の旅籠におるか」

「いや、どこぞの長屋に移ったようじゃ」

幹次郎は刺客が来たと聞かされて、どこかほっとした。生涯、討ち手の追跡を受ける宿命と覚悟し、待ち受けていたからだ。なんとしても一つひとつ潰していく、その決心だ。

「どうするな、幹やん」

「藤村が頼んだ討ち手とは言い切れまい」

「幹やん、あの藤村が江戸に武骨な浪人を三人も送り込む。なんのためじゃ。狙いは決まっておるわ」

「そうであろうか」

「呑気《のんき》はいかんぞ、命取りになりかねぬ。おれがな、三人の塒《ねぐら》を突き止める」

幹次郎は黙って幼馴染に頷いた。

二

四万六千日で賑わう夕刻、内与力代田滋三郎を伴った南町奉行山村信濃守様の吉原臨時巡察が行われた。

一行が五十間道を下る途中から吉原から漂い流れる音曲の調べが途絶え、静寂に変わった。五十間道の編笠茶屋でも主らが紋付羽織袴で見世の前に畏まって迎える。

「なんて野暮な町奉行だぜ。四万六千日が吉原のかきいれなんて先刻承知だろうによ」

「山村様は玉菊灯籠が見たいとさ」

「あの世より浮き世の太夫に会いたいんじゃねえか」

混雑する日を巡察の日に選んだ町奉行に遊客の間から不満が漏れた。もちろんその発言は小さな声で発せられたものだ。

槍をいかめしくも立てた一行は大門前で停止し、肩衣《かたぎぬ》を着た山村は決まりに従い、乗物を下りると余裕を見せて、門の内外を眺めた後、面番所に向かった。

「巡察、ご苦労にございます」

同心村崎季光らが土下座して迎えた。

「村崎季光、先頃は手柄であったそうな」

「はっ」

隠密同心村崎が晴れがましい顔で平伏した。

「今後とも治安保持のために働け」

そう言い残した山村は、門の右手の四郎兵衛会所に向かった。

そこには京町一丁目、京町二丁目、江戸町一丁目、江戸町二丁目、角町の元吉《もと》原時代からの五丁町と、揚屋町、そして伏見町を加えた七町からひとりずつが選ばれて吉原の自治を司っている町名主の七人の他、淡雪《あわゆき》太夫が新造《しんぞう》や禿《かむろ》を従えて待ち受けていた。

惣《そう》名主は吉原一の妓楼の主、三浦屋四郎左衛門であった。

「臨時のお見廻り、ご苦労様にございます」

四郎左衛門が吉原を代表して挨拶した。

「うーむ」

と鷹揚に頷いた山村は、

「玉菊灯籠とはあれか」

仲之町の軒先に吊るされた切子灯籠や走馬灯が色鮮やかに投げる灯りに目を留め、

「巡察に参る」

との声に、四郎兵衛会所の若い衆が鉄棒《かなぼう》を引いて、

「下にいろ、下に」

と案内に立った。

町奉行の巡察の間、唄三味線の鳴り物どころかざわめきの声も遠慮され、妓楼の主は羽織袴に裸足で見世前の軒下に這いつくばって迎えた。

南北両奉行の巡察は仲之町を挟んで広がる江戸町一丁目、江戸町二丁目、角町、揚屋町、伏見町、京町一丁目、京町二丁目と俗にいう五丁町ばかりか、羅生門河

岸など切見世にいたる隅々まで行われるのが仕来たりだ。が、さすがに山村は四万六千日の宵を考えてか、五丁町巡察だけで終わろうとしていた。

吉原大門と反対側に火の見櫓と秋葉常燈明《あきばじょうとうみょう》があったが、山村はここで仲之町沿いに会所へと戻り始めたのだ。

一行が京町二丁目から角町へと移ろうとしたとき、事件は出来した。

山口楼《やまぐちろう》の屋根に潜《ひそ》んでいた頬被りの男が立ち上がり、

「能無し奉行め、思い知れ！」

と手にした生卵を次々に投げつけた。

その卵の一個が陣笠の下の山村信濃守の顔にぶつかって割れ、黄身がだらりと鼻から顎へと垂れ落ちた。

「なんと！」

「不届き者が！」

血相を変えた供の内与力、同心が山口楼に飛び込んでゆき、立ち竦んでいた山村信濃守の顔は見る見る憤激に青ざめた。

屋根の頬被り男はと見れば、山口楼の裏手に身軽にも姿を消していた。

会所の小頭の長吉は、そのとき、仲之町に一本だけ立つ老桜の下に控えていて、足下に山村の顔を逸《そ》れた生卵のひとつがぐしゃりと潰れ落ちたのを目に留めた。紙で包まれた卵を長吉は素早く拾うと懐に入れた。

「お奉行様、お顔を」

と機転を利かせて手拭いを差し出した内与力の手を振り払った山村は、

「巡察は終わりじゃ、数寄屋橋《すきやばし》に戻る」

と憤激の言葉を残して大門へさっさと歩いていった。

「お待ちを、しばらくお待ちを」

役人たちも町名主たちも奉行の後に追い縋った。

冷《ひ》や奴《やっこ》を肴に何合かの酒を呑んだ甚吉は、酔いつぶれて寝てしまった。

いつもより汀女の帰りが遅いことを気にしながら、幹次郎は米櫃《こめびつ》から釜に三合の米を移して、長屋の井戸端に行った。

「おや、汀女様はまだかえ」

棒手振《ぼてふ》りの女房のはなが、釜を抱えて出てきた幹次郎に言った。

「会所に立ち寄っているのかもしれぬな」

長屋では、汀女が吉原で読み書きを女郎たちに教えて家計を支えていると推測していた。

「おまえさんも、たまには働いてさ、汀女様に楽をさせねばばちが当たるぞ」

「このところ川浚えの仕事もなくてな」

「侍は潰しが利かないからね」

幹次郎は、はなと話しながらも手際よく米を研いだ。

「ただ今、戻りましてございます」

腕に歳時記《さいじき》などを包んだ風呂敷を抱えた汀女が、

「米など私が研ぎまする」

と慌てて言った。

「米は研ぎ終わった。それより甚吉が来ておってな」

「甚吉どのが」

ふたりははなに会釈すると長屋に戻った。八畳間では蚊やりの煙と甚吉の高《たか》鼾《いびき》が絡み合っていた。

「幹どの、大変なことが……」

汀女は三和土で町奉行が襲われた一件を口早に告げた。

「なんと山村様に生卵をのう」

幹次郎は釜を竈《かまど》にかけると、会所に参ろうと言った。

「それがようございます」

幹次郎は丁寧に手入れされた古袴を単衣の上に着けると、汀女の差し出す大小を腰に差して、

「甚吉を頼む」

と言い残し、破れ笠を手にした。


四万六千日の宵、吉原は賑やかさを取り戻した。が、それはどことなく遠慮深げで、総名主の三浦屋四郎左衛門以下、会所の顔役や妓楼の主たちの顔には不安が漂っていた。

「四郎兵衛、この不始末、どうする気か！」

会所に隠密同心村崎季光の怒鳴り声が響き渡っていた。

「われらが腹を切っても相済まぬ。よいか、四郎兵衛、吉原が取り潰されるやも知れぬ大事じゃぞ。分かっておるのか」

平伏した顔を上げた四郎兵衛は、

「最前から申し上げておりますように吉原の奉公人の所業であれば、いかようの

お咎めもお受けいたします。ですが、四万六千日に詰めかけた客のひとりが悪戯をしたとあっては、私どもにも取り締まりは叶いませぬ」

「言い繕いおって、客という証しがどこにある」

山口楼に飛び込んだ役人たちは、裏座敷で酒をひっそりと酌み交わす深川の左官の連中をうむを言わせず捕まえ、女郎とともに面番所に連れていった。

だが、どう調べても左官仲間うちで座を外した者はいないという。それはその場にいた女郎たちが証言し、遣手も客のひとりが二階の屋根に上がったなどということはないと言い張った。山口楼の両隣は伏見《ふしみ》楼《ろう》と中文字屋《なかもじや》だが、どちらにも二階屋根に抜け出した遊客はいないという報告を四郎兵衛は受けていた。

「村崎様、今少し調べの時間をくだされ」

「内与力の代田様が役所から戻られた後では手遅れかもしれぬぞ」

村崎が脅迫するように言った。

代田は山村信濃守の一行の後を追って数寄屋橋の南町奉行所に戻り、不始末を謝罪申し上げているという。

「手遅れとはどういうことにございますか」

四郎兵衛が村崎に訊いた。

村崎は同座した役人を面番所に戻すと、四郎兵衛と相対した。

「四郎兵衛、不始末失態のとき、償いができるものはひとつしかないわ」

村崎は金子を要求していた。

「お奉行には五百両、われら面番所に百両」

「村崎様、ただ今のところ、真相解明が先決と思えます」

「四郎兵衛、かようなことは後になればなるほど高くつくものじゃ」

「とは申されましても」

「お奉行がわざわざ吉原のために臨時巡察を行われたはなんのためか。過日、本所割下水の旗本、御家人の倅《せがれ》どもが吉原に火つけをしようとしたとき、それがしが未然に防いでやったからではないか。首魁《しゆかい》の辺見弥三郎を廓外に追い出して、斬り捨てたのはこのそれがしの功績じゃ。本日、お奉行からお褒めの言葉もいただいた。その矢先にこの失態じゃ、四郎兵衛、そなたはこれが吉原の存亡に関わる重大事とは考えておらぬようじゃな」

「村崎様、今しばらくお時間を」

「ならぬ！」

村崎が大声を上げて、

「このこと、明日ではもはや収拾がつくまいぞ」

と四郎兵衛に返答を迫った。

四郎兵衛はしばし瞑想して、息を整えた。

「村崎様、ちとご相談がございます」

「なんじゃな」

「そなた様のお力でしばしのご猶予を」

「同じことを何度繰り返させるか！」

「会所はそなた様に頼んではおりませぬ、命じておりますのじゃ」

四郎兵衛がぎろりとした眼で隠密同心を睨んだ。

「な、なんと申したな」

「先ごろ、そなた様は割下水若衆組の首領辺見弥三郎をお斬りなされたとのこと、しかとさようでございますか」

「武士に二言はないわ、四郎兵衛」

「ならばお尋《たず》ねいたします。あの火事騒ぎの折り、面番所前で辺見弥三郎に刀を抜き取られた間抜け同心どのがございました。そなた、村崎季光様にございます。いいえ、あの折り、目撃した者たちは会所にて住まいなど押さえてございます。刀を抜き取られた村崎様はどうやって辺見弥三郎を斃されましたな」

「じゃから脇差にて……」

「だれが辺見弥三郎を斬ったか承知しておる四郎兵衛に巧言《こうげん》は利きませせぬ」

七代目四郎兵衛が爛々《らんらん》と光る眼で見た。

「さてそれは……」

「村崎様、この先も辺見弥三郎を斃して手柄にしたのがご自分だとお奉行様に信じてもらいたいのなら、代田様とご一緒になって、われらに探索の時間を与えるように動かれることです。もしそれができぬというのなら……」

村崎が怯えた目で吉原の治安を守る頭を見た。

「よいな、村崎様」

村崎が傍らの刀を摑むと、そそくさと会所の奥座敷から出ていった。

「これでいくらか余裕ができた……」

呟く四郎兵衛の目に隣室の襖が開かれたのが見えた。

そこには番方の仙右衛門と神守幹次郎が座っていた。

「おお、神守様、お見えであったか」

幹次郎は黙って頷いた。

「ふたりともこちらへ」

仙右衛門と幹次郎は四郎兵衛の前に進んだ。

「山口楼の二階屋根から卵を投げた男は、能無し奉行め、思い知れ！ と叫んだそうにございます。吉原に恨みがあったり、四万六千日の楽しみを潰されたせいの所業ではないと思えます」

「四郎兵衛様は、男が山村信濃守様ご自身に遺恨があってのことと考えられますか」

仙右衛門の問いに四郎兵衛が頷き、懐から皺《しわ》くちゃの紙切れを出した。

「投げつけられた卵は五つ、中のひとつはこの紙切れで包まれておりました。運よくな、長吉が拾ってくれた」

ふたりの前に広げられた紙切れには下手な文字で、

「ふさのあだ」

とあった。

「卵を投げた男はふさという者の関わりで山村信濃守様を仇《あだ》と恨む曰くがあった。そこで男は四万六千日の客で賑わう吉原で仕返しに出た、ということでございますか」

「まずはそんな見当」

「となれば房吉《ふさきち》とか房五郎《ふさごろう》とでもいう者の縁者か朋輩ということになりますか」

四郎兵衛が頷いた。

「ふさの身許を南町奉行所に問い合わせるわけにはいきませぬかな」

「仙右衛門、例の同心に当たってみよ」

四郎兵衛の指図は奉行所の中にも吉原会所の息がかかった者が潜んでいることを示していた。

はっ、と仙右衛門が畏まった。

幹次郎が問うと、

「頭取、それがしにはなんぞ役目がございますか」

「神守様の腕をお借りすることは差し当たってなさそうじゃが、長吉たちが今も男の身許を各妓楼に当たっております。まあ、吉原見物と思うて顔を出してごらんなされ」

と幹次郎に言った。探索の経験を積ませようとしてのことだろう。

破れ笠で面体《めんてい》を隠した幹次郎は山口楼の前に立っていた。さすがに山口楼は大戸を下ろして自粛していた。

「神守様、お久し振りにございますな」

遊客の間を抜けて長吉が姿を見せた。

「山口楼はとんだとばっちりにございますよ。客を面番所が足止めにして全員を調べたが、卵を投げた男は見当たりませんや」

「他の妓楼の客が屋根伝いに山口楼に上ったということか」

「と見込んで調べていますがねえ、芳しい当たりはねえ。なにしろ巡察の折りでしょう。どこもがひっそりとしていてね、席を立った者がいればすぐに分かる。どこにもあの男らしいのに行き当たりませんので」

事件からおよそ二刻が過ぎようとしていた。

そろそろ四つ（午後十時）になろうとしていた。

四万六千日のような商い日、仲之町はまだ賑わっていた。

「生卵を五つも持って大門を潜る野暮はいますまい。今ねえ、野郎が吉原のどこで卵を仕入れたか調べさせておりやす」

「吉原には卵を商う店もあるのか」

幹次郎は大門口の会所より奥にほとんど通ったことがない。

「廓内は地続きの島にございます。妓楼の裏手には暮らしに必要な魚屋もあれば野菜屋もある。金貸しから質屋まで揃ってございます。それに、妓楼の料理を仕出しする四軒の台屋《だいや》もございます。卵だけを商う店はございませんが、山口楼を中心に生卵を扱うところを虱潰《しらみつぶ》しに探らせているんで」

と長吉が幹次郎に説明したとき、

「兄い」

という声がした。

「哥次か、なんぞ当たりがあったか」

幹次郎に会釈した哥次は割下水の探索に船頭として加わった若者だ。

「切見世の女が卵を棒手振りから買ったのを見た者がいる」

「切見世、羅生門河岸か」

「へえ、三の長屋のきくという年増だ」

「会ってみようか」

と言った長吉は、

「神守様なら抜かりはありますまいが」

と幹次郎に同行を願った。

吉原の最下等の見世は、廓の北西と南東の端に、大小の長屋に分かれて密集していた。

三

きくのいる通称三の長屋は角町の奥、通りを曲がると玉菊灯籠の光も差し込まず、ぐっと暗く沈んでいた。進むほどに路地も狭くなり、やがてひとりがやっと通れる幅になった。三の長屋は両側が見世で、間口一間（約一・八メートル）のそれがずらりと並んでいた。

長吉を先頭に歩いていくと嬌声《きようせい》が高く低く響いてきた。

間口一間といっても、三尺は板引戸、残りの三尺が羽目板だ。

糞尿の臭いが漂ってきて、共同の厠《かわや》を過ぎた。

仲之町に漂う紅白粉《べにおしろい》の匂いとはまるで異なる闇の快楽の地だ。

哥次はいつの間にか姿を消していた。

幹次郎はただ呆然と長吉に従い、狭い路地を歩いていった。

扇屋きくと書かれた角行灯の前で長吉の足が止まり、中の様子を窺うように耳

を板戸につけていたが、

「きくさん、会所の長吉だ、入るぜ」

と断ると引戸を開けた。

三尺ほどの三和土の向こうに板の間、二畳間と続き、布団が敷いてあった。

女は板の間に胡坐をかいて煙草を吸っていた。

「長吉さんかえ」

そう言った途端、きくは咳《せき》をした。それは胸を患った者特有の弱々しい、そして、切迫した咳だった。

幹次郎は年増の女郎の痩せた体を戸前から見た。

「体はどうかえ」

板の間の端に腰を下ろした長吉が聞いた。

「まあなんとかさ」

「無理は禁物だぜ」

「なんだえ、長吉さんが羅生門河岸に顔を出すなんて」

「小細工なしに訊くぜ。おめえさん、卵を買ったってねえ」

きくはにやりと笑った。

「町奉行をこのきくが襲ったと言いなさるか」

「そんな馬鹿は考えてねえ。だが、会所も苦しい立場に追い込まれている。なにかつながりがありそうな話は一つひとつ潰していくしかないんだ」

きくはふいに立った。奥の二畳間の向こうに半格子の勝手があって、そこからきくは竹籠《たけかご》を抱えてきて、長吉に黙って見せた。

そこには四つの卵が入っていた。

「昼間にひとつ啜ってねえ、残りは四つだ」

「邪魔したな、きくさん」

長吉がふいに腰を上げると、きくが寂しげな笑いをしゃくれた顔に浮かべ、

「なあに、会所の長吉さんに会えてうれしかったよ」

と言った。

幹次郎は角町の通りまで出て、思わず大きく息を吸った。

「びっくりしなさったか」

「いや、前にも参ったことがある。しかし、万灯が煌々《こうこう》と点る吉原にあんな闇があるとはな」

幹次郎は正直な感想を述べた。

「きくは揚屋町の半籬春木楼《はるきろう》で吹雪《ふぶき》という名で稼ぎ頭のお職《しょく》を張ったこともある女ですよ。しゃくれた顔に独特の憂《うれ》いがあるってんでね、上質の客もついていた。が、歳には勝てねえ、それ以上に追い討ちをかけたのは労咳《ろうがい》だ。いつしか羅生門河岸にまで落ちやがった」

言葉は乱暴だが長吉の顔には悲しみが漂っていた。

「あにい」

哥次が裏路地からふいに顔を出した。

「きくのところに三十前後の男が出入りしているそうだ」

「出入りたあ、客のことか」

「それがはっきりしねえ。きくの隣室のなみが厠に出てきたのを問い詰めたんだがねえ、そいつが来るときくはうれしそうな顔をするそうだ。が、部屋に上がってもぼそぼそ話しているばかりで、あんときの声が漏れてこねえというぜ」

「吉原とはいえ、男が女を泣かすためだけに通ってくるんじゃねえ」

長吉は若い哥次に言い聞かせるように言うと、角町から仲之町を横切って揚屋町に向かった。が、表の格子を素通りして、楼と楼の間に通る狭い路地に入り込んだ。

大柄の幹次郎は体を横にしないと動けなかった。

この狭い路地に春木楼の勝手口があった。

三人が入った台所の三和土と板の間は広々としていた。

「おや、長吉つぁん」

ちょうど台所に降りてきた体《てい》の遣手が、勝手口から顔を見せた長吉に声をかけた。

「おしげさん、番頭を呼んでくれまいか」

おしげと呼ばれた遣手が奥に引っ込み、すぐに若《わか》い者《もの》と称する男衆を仕切る番頭が現われた。

「山口楼の一件かえ」

頷いた長吉が、

「羅生門河岸の吹雪の請け人が知りてえ」

と言った。しばらく番頭は長吉の顔を見ていたが、奥へ黙って引き込んだ。

牛込《うしごめ》御門からほぼ西に上がる通りの両側は御家人や旗本屋敷が塀を連ねていたが、四、五丁も行くと寺が増え、町家が交じった。

行元寺《ぎょうがんじ》門前の肴町《さかなまち》の裏長屋には、暑さを避けて夕涼みしている住人がいた。

長吉と幹次郎はいろは長屋の木戸口を入り、どぶ板を踏んだ。

「今晩は、大家の孝兵衛《こうべえ》様のお宅はどちらですかねえ」

手作りの縁台に腰を下ろして団扇《うちわ》を使っていた褌《ふんどし》ひとつの男が、

「木戸を戻りねえ、右手に曲がった二軒目だ」

と教えてくれた。長吉は礼を述べ、引き返した。

吹雪太夫の身許引受人は、牛込肴町いろは長屋の差配孝兵衛《さはいこうべえ》とあった。吹雪こときくが吉原に身売りしたのが安永元年（一七七二）、十四年前のことだ。

きくはこの十四年のうちに吉原の光と闇のふたつの世界を知ったことになる。

「きくのことだって。だいぶ昔のことだな」

と髷《まげ》も結えないほどにはげ上がった頭をてかてかと光らせた孝兵衛は、上がり框にふたりの訪問者を座らせて言った。

「もうここにはきくの親類縁者は住んでおりませんな」

孝兵衛は顔を横に振って、煙草盆を引き寄せた。

「きくのお父つぁんの金造《きんぞう》は腕のいい錺《かざり》職人でな、おっ母《か》さんと娘ひとりに倅ふたり、うちの長屋にお父つぁんとおっ母さんが一緒になったときから住んでたのさ……」


それが十五、六年前、おっ母さんが胸の病で亡くなり、続いて金造が同じ病にかかった。その治療代を出すためにきくは吉原に自ら望んで身を落としたという。

「だがよ、きくが吉原に行って半年もしねえうちに金造が亡くなってさ、きくの弟ふたりはこの長屋を出ていく羽目になったのさ」

「いくつでしたね」

「兄の房吉《ふさきち》が十四、弟の伊久次《いくじ》が十三かな」

幹次郎らは、ふさのあだに行き当たったことを感じた。

「大家さん、ふたりの行き先を知っておられますかえ」

孝兵衛は頷いた。

「房吉は指物《さしもの》職人になったと思いねえ。四谷御箪笥町《おたんすまち》の伊勢甚《いせじん》って親方の家に弟子入りしたんだがねえ。今から三、四年も前か、親方の娘と所帯を持つ、持たせねえのいざこざから、親方の家を飛び出した、それでぐれてさ、賭場《とば》なんぞに出入りしていたようだ」

やかん頭を振り立てて一気に喋った孝兵衛はひと息入れ、

「二年前、賭場帰りの客が殺されたことがあった。その下手人としてさ、房吉は奉行所に召し捕られて、裁きにかけられ、打ち首になったのさ」

と言うとふーっとまた息を吐いた。

「房吉は最後の最後までおれじゃねえ、おれがやったんじゃねえと叫んでいたそうだがね。いったん出た裁きは変わりはしねえや」

「房吉を裁いたのは南町奉行所ですね」

「ああ、山村信濃守様のお掛りだったよ」

これではっきりとした手がかりを得た。

「弟の伊久次はどうしましたえ」

「なんでも小梅村の瓦《かわら》職人になったという話だが、その後のことは知らないね」

と呟くように答えた孝兵衛は、

「なんぞきくにありましたかえ」

「いやね、きくさんもお父つぁん、おっ母さんと同じ病にかかってねえ、苦しんでいなさる。寺はどこだえ、お父つぁん、おっ母さんのさ」

「そりゃ、行元寺だ。きくも長くはないか」

と勝手に決めつけた。

牛込御門に待たせた猪牙舟には船頭役の哥次が待っていた。

「なんぞ手がかりは摑めたかえ、兄い」

哥次の近くに座った長吉が、

「きくにはふたりの弟がいたよ」

と孝兵衛から聞き知った話を告げた。

「とすると房吉は南町の裁きで間違った沙汰を受けたってことか」

「悪いことをやった野郎には、おれじゃねえと最後まで白《しら》を切り通して死んでいく者もいないわけじゃねえ」

「兄い、仮にだぜ、房吉の裁きが間違ってたとしたら、弟の伊久次が山村信濃守に恥をかかせようとするのはもっともの話だ。それを姉のきくが助けたとしたら……」

「伊久次は瓦職人だそうな。造るほうじゃあ、屋根に上がることもあるまいが、もし屋根葺職人なら、切見世の屋根から表通りの山口楼に這い上がるのなんてお茶の子さいさいだぜ」

「臭いな」

「といっておれっちが伊久次を召し捕って、南町奉行所にこの男が卵を投げた者でございますと突き出すのも面白くねえや」

「南町の奉行は評判よくねえからな。それにさ、もし裁きが間違っていたのなら、伊久次は兄の仇を取ったってわけだぜ」

「四郎兵衛様がどうお指図なさるか」

神田川を下る舟に夜風が吹きつけてきた。

幹次郎はふたりの問答を聞きながら、甚吉は無事に屋敷に戻ったかと幼馴染のことを気にかけていた。

舟は大川に出ると上流へ山谷堀まで上がり、今戸橋を潜ると船着場に舫われた。

そこから三人は日本堤を吉原へと向かう。

幹次郎の長屋は今戸橋と吉原の途中にあった。

田町が近くなったとき、土手の向こうから編笠の浪人が下ってきた。夜遊びの帰りだろうか。

「長吉、会所に同行しようか」

四郎兵衛が待っているかと思ったからだ。

「神守様、もう遅いや。今晩のことで確かめなければならねえこともある。万事は明日だねえ、昼前にも会所でお会いしましょうぜ」

長吉は戻ってよいと言ってくれた。

「ならば、それがしはここで」

と幹次郎が会所の若い衆ふたりに挨拶すると長吉が言った。

「神守様、汀女様によろしくな」

「吉原に参ったとて、姉様は悋気《りんき》などせぬわ」

編笠の侍の足がふいに止まった。それまで緊張も感じられなかった五体から尖った殺気が放射された。それは幹次郎にも長吉にも敏感に伝わった。

「元豊後岡藩の馬廻り方神守幹次郎か」

編笠に手をかけた相手が問うた。

背丈は高くない。五尺四寸（約百六十四センチ）余、がっちりとした上体と短いがどっしりした下半身の落ち着きぶりが並々ならぬ技量を窺わせた。

「お侍、ここは浅草の山谷堀ですぜ。お門違《かどちが》いなすっちゃいけませんや」

長吉が言った。

「下郎、どけえ！」

編笠を脱ぎ捨てた男は早くも腰を沈めて、刀の柄に手をかけた。

「長吉どの、それがしの追っ手のようじゃ。手出しは無用に願いたい」

長吉と哥次が頷くと数歩下がった。

「国許から藤村壮五郎どのに雇われた討ち手が藩邸を訪ねたと聞いたが、そなたはそのひとりか」

「真貫流《しんかんりゅう》岡崎儀助」

と相手は名乗った。

真貫流がどのような剣術か、幹次郎に知識はない。

「よくそれがしの居場所が分かったな」

「中間のひとりがそなたと親しいというので、留守居役どのの手先を尾行につけた。ところが浅草寺裏手で撒《ま》かれたと昼過ぎに屋敷に帰ってきて喋っておるのを偶然にも屋敷を訪ねたそれがしが耳にした。それでこの近くを探し歩いていたのよ」

「木下常八どのも藤堂新之助どのもこの近くにおられるか」

「神守、それがしには助勢はいらぬ。そなたを斃せば百両、それがしひとりがいただく」

岡崎は草履《ぞうり》を後ろにはね飛ばした。

幹次郎は、

（岡崎は抜け駆けしたな）

と思った。そして、

（住まいがどこか知られた以上、斃さねばならぬ）

と決めた。

「岡崎儀助どの、そなたに遺恨はない。じゃが、武士の意地、お相手仕る」

幹次郎は右足を前に腰を沈めた。

幹次郎の構えを見た岡崎の表情が変わった。

「田舎剣法と聞いてきたが……」

呟きを途中で呑み込んだ岡崎儀助は、右肩前に二尺五寸（約七十六センチ）余の剣を立てた八双《はっそう》の構えを取った。

間合は二間半（約四・五メートル）。

幹次郎も岡崎が修羅場を数多く生き抜いてきた剣士であることを悟った。

日本堤のふたりは巌《いわお》のごとくどっしりと対峙し合った。

四半刻が経ち、上弦《じょうげん》の月が雲間に隠れ、光が薄くなった。

「おおっ！」

岡崎儀助が走った。

八双の剣が弧《こ》を描いて幹次郎の肩口に落ちてきた。

幹次郎の姿勢がわずかに沈み、一気に伸び上がりつつ、長剣が鞘走った。

無銘ながら研ぎ師に豊後の行平の作刀と見当をつけられた二尺七寸が、荒海に立ち上がった波濤《はとう》のように虚空に舞った。

岡崎儀助の八双からの袈裟《けさ》斬りと幹次郎の眼志流浪返し。

ふたりの目撃者は両雄が絡み合うようにぶつかった瞬間を固唾《かたず》を呑んで凝視した。

勝負を制したのは掬い上げるような浪返しだった。

肉を、骨を裁《た》つ音が岡崎の悲鳴と一緒に山谷堀に響いた。

それでも岡崎は幹次郎の傍らを走り抜けると突っ伏すように斃れ込んだ。

哥次がごくりと息を呑み、

「すげえ」

と思わず呟きを漏らしていた。

「神守様、この者の始末はわっしらが致します。まずは長屋へ戻ってくだされ」

「長吉どの、頼んだ」

幹次郎は土手を走り下りながら血振りをして鞘に剣を納め、左兵衛長屋の近くでようやく歩を緩めた。

長屋の木戸を潜る前に辺りを見回した。そして監視の目がないことを確かめた後、長屋の路地に入った。

幹次郎は自分の長屋の前に立つと、油障子の向こうから甚吉の高鼾が響いてくるのを耳にした。

(酔い潰れてくれていて助かったわ)

呼吸を整えた幹次郎はゆっくりと戸を開いた。

四

翌日、破れ笠の幹次郎が会所の裏戸を潜ったのは四つ半(午前十一時)前のことだ。

今朝、屋敷に戻るという甚吉に昨夜の出来事を話し、当分、長屋を訪ねてこぬようにとくと念を押した。

「用心はしていたが尾行がついていたか」

甚吉は用心しながら屋敷暮らしをすると言い残して帰っていった。

「おはようございます、四郎兵衛様」

幹次郎がいつものように奥座敷に控える四郎兵衛に挨拶すると、

「聞きました」

とすでに長吉から報告が行っていることを告げた。

「左兵衛長屋は吉原の息のかかった長屋にございます。差配の左兵衛を始め、長屋の者たちには怪しい者が出入りしたらすぐにも知らせるように徹底させました。あとは神守様の朋輩から割れることが心配……」

幹次郎は甚吉に注意して当分長屋への出入りを禁じたことを告げた。

「この一件には吉原が関わっております。神守様、手に余るならばいつでも言ってくだされよ。吉原はいつでも豊後の岡藩と対決する覚悟は持っておりますからな」

四郎兵衛は幹次郎に言った。

「恐縮に存じます」

「なんの、吉原と神守様はこの一件では一心同体にございます。ひとりでな、くれぐれも無理をなさらぬようにな」

「相すまぬ。多忙な頭取の気を煩わせて」

「なあに、神守様と長吉が卵を投げた男を伊久次と突き止めてくれましたので、こっちは気分が楽になったところです」

「伊久次とはっきりしましたか」

「ええ、南町の同心に吉原が意を通じる者がおりましてな、その者に仙右衛門が極秘に問い質したところ、房吉が賭場帰りに客を襲ったという事件には、当時からおかしいという声が奉行所内にもあったそうにございますよ」

房吉が賭場帰りの旦那を襲って懐の金を強奪したという事件は、天明四年（一七八四）の秋に起こっていた。

上野池之端《いけのはた》の料亭や寺を転々としながら開かれる賭場は、香具師《やし》の秋葉《あきば》の丸源《まるげん》が仕切って、大店の主、僧侶、職人の棟梁《とうりよう》など客筋のいいことで知られていた。

そんな客のひとり、浅草の仏具商備後屋《びんごや》の隠居希八《きはち》は常連だ。勝ったためしはまずない。およそ二刻ばかり遊び、十両をすると賭場を後にする希八は丸源にとっては上鴨《じようがも》のひとりに数えられていた。

急に秋が深まったその夜、そんな希八が馬鹿つきについた。張る目がことごとく当たり、駒札が山積みになったところで、

「あまりついても後が怖い。今晩はこのへんで」

と胴元に換金を頼んだ。

「備後の隠居、今日は上々吉《じょうじょうきち》だねえ。帰り道、気をつけてくださいよ」

代貸《だいがし》の半次郎《はんじろう》が八十五両を希八の前に差し出して言ったという。

希八は懐にしっかりと八十五両の金をしまい、賭場を立ち去った。

翌朝、希八の刺殺体が池之端西側の水辺で見つかった。もちろん懐中の八十五両は消えていた。

死体を発見したのは仕事場に急ぐ左官職人の安五郎《やすごろう》だった。

知らせを受け、上野池之端を縄張りにする十手《じって》持ちの下谷の松五郎《まつごろう》が出張り、取り調べをした。すると水辺から血のついた鑿《のみ》が見つかった。刃の幅はおよそ二分（約六ミリ）、細身の刃は使い込んだ跡があり、柄にかすれて消えかけた房吉の文字が残っていた。指物職人が使う特殊な鑿だという。

松五郎は南町の定町廻《じょうまちまわ》り同心睦見力蔵《むつみりきぞう》の下で働く初老の十手持ちだ。

睦見と松五郎は希八が博奕《ばくち》好きでその晩も秋葉の丸源の賭場で遊んでいたことを知ると、湯島天神《ゆしまてんじん》下の丸源一家を訪ねて、事情を聞いた。

その結果、希八が珍しく八十五両も大勝ちしたこと、賭場を浮き浮きと出たのが七つ（午前四時）前だったことが判明した。

松五郎が血のついた鏨を秋葉の丸源や代貸の半次郎に見せると、

「房吉ねえ、うちの客は職人たって棟梁ばかりだ。こんな小鏨を使う職人はいねえと思うがねえ」

と丸源は半次郎に視線を向けた。

「親分、時折り面を見せる客に指物職人の房吉というのがいますぜ」

「なにっ、ほんとうか」

松五郎が気色《けしき》ばみ、睦見がにたりと笑った。

「うちの客にしては半《はん》ちくな野郎でね、わずかな金で遊んでいく野郎だ」

「昨日はどうか」

「さあ、どうでしたかねえ。賭場がはずんで出入りも激しゅうございましたからね」

「見たような見ないような」

睦見の問いに半次郎も丸源も曖昧な返事をした。

「神守様、南の定町廻り同心睦見様に指図された下谷の松五郎はその日のうちに房吉が前に働いていた指物職の棟梁からね、房吉が半年ばかり前に博奕好きを咎めた《ママ》れて辞めたこと、鏨が房吉のものであることを突き止めました。そこで本所松井町《まついちょう》の裏長屋にいるところを捕まえた。房吉は番屋で、あの晩は賭場なんて行っていない、備後屋の隠居なんて殺さないと激しく言い張ったそうですが、現場に残された鏨が動かぬ証しということで、奉行所に送られ、吟味与力の下で調べられた後、山村信濃守様から死罪を言い渡された……」

四郎兵衛はひと息吐いた。

「房吉が備後屋の隠居を襲ったのであれば、八十五両もの大金、どこぞから発見されたのであろうか」

「房吉はだいぶ体を責められたようです。しかしないものは白状しようもない。睦見様は房吉が苦界に身を落とした姉の身請けの金欲しさに強奪を謀った。それを未だ隠しておると強引に主張したそうです」

「なんと……」

「同心の睦見様はなにかと悪い評判のある人物でしてねえ、秋葉の丸源のところにも出入りして小銭を懐に入れていると同僚も承知してましたそうな。そこで若い同心が希八の死体を発見した左官の安五郎に目をつけた。この者の長屋は深川北森下町《きたもりしたちょう》でしてね、どこの仕事場に行こうとしていたか問い質すと、本郷《ほんごう》に行く途中と答えました。それにしてもちょいと時刻が早い。若い同心が安五郎の棟梁に問い直してる間に、安五郎は行方をくらました。その後、房吉は松井町の長屋に越す前に安五郎と同じ北森下町の長屋で一緒に住んでいてね、丸源の賭場にもふたりでつるんで行ったことがあることまで分かった。そこでこの同心は上司の与力に上申したのだが、お奉行がいったん下された裁きじゃとうやむやにされたとか」

「なんと、房吉は濡れ衣で処刑されましたか」

「丸源の野郎、八十五両が惜しくなって、安五郎にあらかじめ盗ませておいた房吉の鑿を凶器に、手下らに隠居の希八の帰り道を襲わせ、金を奪い返した。むろん丸源から目こぼし金が睦見に渡っていますさあ。どうやらこのへんが真相のようだ」

「なんと阿漕《あこぎ》な。未だ同心の睦見力蔵は健在ですかな」

「それがこの事件の数月後に、八丁堀近くの楓川に浮かんでいたそうで。酒に酔って堀に足を踏み外して溺死《できし》ということで始末がついたようですがね、奉行所内では睦見同心が金をせびっていたどこぞの差し金で始末されたと噂されたそうにございます」

ふたりは顔を見合わせ、期せずしてふーうと息を吐いた。

「房吉はしでかしてもいない殺し強奪の罪で処刑された。それを知った弟の伊久次が吉原臨時巡察に来た山村奉行に卵を投げつけて房吉の恨みを少しばかり晴らしたのが真相ということか」

四郎兵衛は大きく頷き、

「さて会ったものかどうしたものか」

と考えを定めかねたように呟いた。

「会うとは伊久次の姉、きくにですな」

「さよう」

といった四郎兵衛は煙管に新しい刻みを詰めて、火をつけた。

「伊久次が屋根から投げた卵はどうしたので」

「姉と弟はね、山村の見廻りがあると知ったときから、用意していたと思えます。きくは神守様に見せた四つの卵を買った数日前にも卵売りから地卵を買っている。となれば五つくらいを溜めておくのは造作もないこと」

「卵はきくの精の元、それを飲まずにとっておいたのであろうか」

「きくにとって房吉の仇を討つ代わりの、最後の意地だったかもしれませぬ」

「最後の……」

呟くような幹次郎の問いに四郎兵衛は答えようとはせず、

「だれぞ人身御供《ひとみごくう》を差し出さぬことには南町は吉原を許してくれますまいな」

と独語《どくご》した。

煙管の灰を煙草盆にぽんと打ちつけた四郎兵衛は、

「私が会えば事は終わる。だが……」

と言いよどみ、幹次郎に同道を命じた。

玉菊灯籠は前の灯籠を終え、十三、四日と明かりは点されない。十三日は商いは休みで、夕刻より遊女たちが廓内で気ままに過ごすことが許された。

そんな十三日の昼前、吉原には気怠《けだる》い倦怠《けんたい》が流れていた。

四郎兵衛と幹次郎が訪ねたのは、切見世の三の長屋のきくのところだ。

きくは布団の上に疲れ切った顔で膝を投げ出して座っていたが、

「これは四郎兵衛様直々に……」

と慌てて、布団から下りると座り直した。

四郎兵衛は幹次郎を狭い三和土に入れると板戸を閉めさせた。

「きく、おまえも昨日今日の女郎じゃない。廓内の定めは承知しておるな」

きくは青白くも透き通ったような肌をした顔で頷いた。

「詳しくは話さない。ただ、会所はおまえと弟の伊久次が房吉の仇を見事に取ったことを承知している」

はっ、という顔できくは四郎兵衛を見た。

「会所は吉原を守らねばならぬ」

「分かりました」

「早まるな、きく」

四郎兵衛はそう注意すると、

「同時に南町の下された房吉への沙汰、承服しかねる」

「有難うございます、頭取」

きくが板の間に頭を擦りつけた。すると襟足から痩せた背が覗いた。

「若い伊久次だけは助けてやりたい。それがきく、おまえに約束できるただひとつのことだ」

平伏した顔の下から嗚咽《おえつ》が漏れて、

「四郎兵衛様、有難うございます」

というきくの言葉が途切れ途切れに伝わってきた。

吉原では七月十六日が、地獄の釜が開く日とか。宵には、いつにも増して遊客や素見《ひやかし》の客が詰めかけた。

南町奉行所の内与力代田滋三郎が同心の村崎季光を同道して、四郎兵衛に明日までに卵を投げた者を奉行所に突き出さぬかぎり、南町奉行山村信濃守様は、吉原を営業停止にする考えだと強硬に申し入れた。

そのふたりを会所の前まで四郎兵衛らが送って出たとき、騒ぎが起こった。

宵闇の空に笑い声が響いた。

「なんじゃ、あの笑い声は」

内与力代田と同心村崎が笑い声のした仲之町と角町の辻に走った。

すると山口楼の二階の屋根に切見世女郎のきくが仁王立《におうだ》ちに立ち、

「南町の能無し奉行に卵を投げたのはこのわたしだよ」

と声を振り絞り、次々に卵を投げ落としていた。

「なんと女郎が卵を投げたとよ」

「村崎、女を捕らえよ」

はっ、と畏まる村崎に四郎兵衛が、

「逃げられはしませんや、お待ちなさい」

と言った。

「女郎さんよ、なんで南の奉行に卵なんぞ投げつけたんだえ」

屋根を見上げた遊客の中から酔興《すいきよう》者が訊いた。

「それが聞きたいかえ。二年前、南町が罪もない弟の房吉をどんな目に遭わせたか、懐の文に書いてあるよ」

きくは狂ったような高笑いを響かせると、懐から文と出刃包丁を取り出し、

「卵を投げた罪はこの身で償う！」

と叫び、包丁を持った手を高々と振り上げると薄い胸を目がけて突き刺した。

「わあっ！」

「やりやがったぜ」

きくは屋根の上でよろよろとよろめき、ぐらりと体を大きく揺らすと仲之町の通りに転がり落ちてきた。

どさり！

痩せた体が通りに叩きつけられ、胸から流れる血がみるみる広がっていった。

遊客たちの視線がきくが手にした文に行き、死をもって奉行所を非難した女郎

への同情へと変わった。そしてその感情はすぐに南町奉行と奉行所に対する怒りへと変わろうとしていた。

幹次郎は会所の前からきくの散った光景を見届けた。

四郎兵衛は羅生門河岸からの帰り道、

「きくの病はかなり進行していましてねえ」

と先行きが長くないことをほのめかしていた。

「会所へ運べ」

四郎兵衛が凛然《りんぜん》とした声で命じた。

「頭取、お待ちなんせ」

遊客の間を縫って姿を見せた吉原一の人気花魁《おいらん》薄墨《うすずみ》太夫が白の小袖を脱ぐと、きくの体に着せかけた。

「有難うよ、花魁」

「吉原は意地を通したきく様の味方にございます」

薄墨太夫が宣言する中、きくの亡骸は会所へと運ばれていった。

白菊の　散り落ちて　宵の風

運ばれていく亡骸を見送る幹次郎の脳裏に一句浮かんだ。

揚屋町の一角で職人が涙を堪《こら》えていた。その傍らには伊久次を小梅村の瓦葺きの棟梁の家で見つけ出した長吉が付き添い、

「おめえさんの命を姉さんが守られたんだ、大事にして生きるんだぜ」

と言い聞かせた。

「はっ、はい」

「姉さんの弔いは吉原の会所がな、責任をもってやりますぜ」

「はい」

伊久次は両手で山口楼の方角を伏し拝んだ。

「四郎兵衛、この女の骸は面番所で引き取る」

隠密同心の村崎が声を張り上げた。

「村崎様、今、亡骸を面番所に運んでごらんなさい。表の客たちが大騒ぎしますぜ。それよりも、きくが死をもって直訴《じきそ》した文をお読みになるのが先決……」

村崎が文を代田に渡した。

代田の緊張した顔にさらに不安と苦悩の色が加わった。

「代田様、なんと書いてございましたな」

村崎が聞いた。

「この文、それがしが預かる」

代田が懐に入れた。

「代田様」

と四郎兵衛が静かに言い出した。

「事を隠蔽《いんぺい》なさろうとしても無駄でございます。二年前の事件の真相をこの四郎兵衛も摑んでおりますよ」

「なんと……」

「きくは事を起こす前にもう一通、代田様の懐にあるものと同じものを会所に差し出していたのでございます」

代田が四郎兵衛を睨んだ。

「もし代田様がそのことを握り潰されようとするならば、きくの遺言《ゆいごん》に従い、われらは文をご公儀に差し出す所存……」

「四郎兵衛、そなたは二年前の事件を裁き直せと申すか」

「いえ、そうは申しませぬ。すでに房吉は処刑され、きくは自ら命を絶ったのですからな」

「どうせよと」

「切見世女郎のきくが頭を狂わせて、山村様の行列に卵を投げた。正気を失った者の所業をいかに山村信濃守様とはいえ、問い質そうとはなされますまい」

「それで済ませよと申すか」

「吉原と南町が刺し違える途《みち》もございます」

「よし」

と代田滋三郎が言い、文を懐に立ち上がった。

一方、長吉は大門の外から五十間道の遊客の群れに姿を没する伊久次を見送った。

「長吉どの、頼みがある」

振り向くと破れ笠の幹次郎が立っていた。

「それがし、田舎者で賭場というところを見たことがない。案内してくれぬか」

「ほお、賭場ねえ。もっとも賭場といってもピンキリですぜ」

「上野の池之端辺りがよいな」

「それはよいところに目をつけられました。お供いたしますか」

ふたりは肩を並べて五十間道を上がっていった。


七つの鐘が上野の山から響いて、池面を伝い渡ってきた。

すると赤陵寺《せきりようじ》の山門から銭箱を三人の手下に担がせた秋葉の丸源親分と代貸の半次郎が姿を見せた。

提灯の灯りで、丸々と太った丸源親分の額にてかてかと脂汗《あぶらあせ》が光った。

破れ笠の浪人が五人の前に立ったのはそのときだ。

「何者だ！」

提灯を手にした三下が叫び、威嚇《いかく》するように長脇差《ながどす》の柄に手をかけた。

「丸源、二年前、南の同心睦見力蔵と組んで賭場帰りの客の備後屋希八を襲い、罪もない指物職人の房吉を打ち首にした罪、この場で贖《あがな》ってもらう」

「なにをしゃらくせえ！」

代貸の半次郎が長脇差を抜こうとした。

破れ笠の浪人が腰を沈めて走ったのはその瞬間だ。

二尺七寸の長剣が抜き差しにされ白い光になって、長脇差を抜きかけた半次郎の右腕を肘のところから両断し、さらに虚空を舞った光は立ち竦んだ丸源の腕を斬り飛ばした。

「ふえっ！」

「げえ！」

ふたりの叫び声が山門前に漏れ流れたとき、破れ笠の浪人の姿は闇に没していた。

第五章　騙し合い

一

吉原の夜見世前、秋の虫がうるさいように鳴いていた。

仲之町に一本だけ立つ老桜の葉も虫に食われてあちこちと穴が開き、ちらほらと落葉の季節を迎えて、茶屋の掃除番たちがせっせと箒を動かさねばならなかった。

汀女はその日の手習いを京町一丁目の伏見楼の二階の大広間で終えた。

最後に独り残ると、弟子たちが書いた習字に朱を入れた。朱を入れながら、久し振りに顔を見せてくれた梅園のことを心うれしく思っていた。

梅園こと本所割下水の旗本の息女の奈実は、悪仲間の男に唆されて吉原に身を落とし、吉原を炎上させて騒ぎを起こそうとした。が、四郎兵衛会所や幹次郎の働きと汀女の機転で梅園だけは、なんとか生き残ることができた。が、騒ぎの張本人である。しばらくは見世に出ることを遠慮させられ、汀女の集まりにも顔を見せない日々が続いていたのだ。

(どうやら梅園様も吉原で生きていく決断をしたようですね)

どこか諦観《ていかん》した梅園の顔にそう汀女は思ったものだ。

廊下に小さな足音が響いた。

禿《かむろ》のお稲《いね》がだれもいないと思ったか、廊下で独り、けんけん飛びをして遊び始めた。そして広間に残る汀女に気がついた。

「お師匠様、ごめんなさい」

「なんの、邪魔にはなりませぬ」

汀女は懐に懐紙で包んだ京下りの干菓子を持っていたことに気がついた。

「お稲様、ちょっとこれへおいでなされ」

お稲は不思議そうな顔をして汀女の傍に座ったが、懐紙に広げられた干菓子にぱっと顔を明るくした。

汀女はいくつかを取り分け、別の懐紙に載せてお稲に渡した。

「仲之町の引手茶屋の女将様からいただいたものです。どうぞ召し上がれ」

「お師匠様、有難う」

引手茶屋の女将が汀女のやわらかな筆跡を聞きつけ、代筆を頼んできた。その礼代わりに京下りの菓子をもらったのだ。

お稲は小さな干菓子をひとつ口に入れ、

「お師匠様、お豆《まめ》のお稲でも手習いを教えていただけますか」

と無邪気に訊いた。

汀女はにっこりと笑い、

「大喜びでお迎えしますよ」

「ならば楼主様と女将様に相談してみます」

禿は成長した後、遊女になることを前提に売られた七、八歳から十四、五歳ころまでの少女のことだ。お豆とか、小職《こじよく》とか呼ばれることもある禿は、いわば吉原の金の卵、それだけに美しい女子が多かった。

伏見楼のお稲はその中でも飛びっきりの愛らしさを放っていた。

きらきらとした目は聡明さを湛《たた》えていた。

「おや、お師匠様の邪魔をしてないかえ」

遣手のたつが廊下からふたりが会話するところを見て声をかけてきた。

「たつさん、もうお暇《いとま》するところにございます」

お稲が無邪気に干菓子をいただきましたと、懐紙を小さな掌《てのひら》に広げてみせ、

「お師匠様に読み書きを教えてくださいとお願いしたところです」

と言った。

「お稲ちゃん、それはいい考えだよ。あんたはさ、末は太夫になろうというお豆さんだ。いろはの崩し方から百人一首とさ、遊女のたしなみをしっかりとお師匠様に習いな。私からも楼主様に頼んでおこう」

「有難う」

という幼い声を聞いて、汀女は帰り仕度を始めた。

この刻限、神守幹次郎は会所で四郎兵衛と対面していた。ふたりの他に大籬、三浦屋の番頭の鎌蔵《かまぞう》が眉間に皺を寄せていた。

「幹次郎どの、吉原にはいろいろと厄介ごとがございますが、なかでも女に地色《じいろ》がつくのが一番厄介だ」

「地色、でございますか」

四郎兵衛の説明に幹次郎が問うた。

「地色とは地廻《じまわ》り、やくざ者のことでございますよ」

地色は最初から遊女を食い物にしようと手練手管《てれんてくだ》を使ってくる。まずやくざ者の風体で顔を見せることはない。際立った顔と地味な風体で女郎と馴染を重ね、最初は一朱一分といった小銭からむしり取り始める。遊客を相手にする女郎を手玉に取ろうというのだから、床上手《とこじょうず》で女を籠絡《ろうらく》する。

むろん楼でもそのたぐいの客には神経を尖らせている。見世番や遣手が女郎に近づけることを避けるようにあの手この手を使う。だが、地色はその上を行く扮装や言葉遣いで女郎ばかりか、老練な遣手や楼の主を騙すという。

「三浦屋さんに今度突き出しをする新造がございましてな。幹次郎さんは、新造をご存じか」

「四郎兵衛どの、それがし、いたって無調法、花魁方はどなたも美しく顔が一緒に見えまする」

四郎兵衛が笑って、それは困ったなと説明を始めた。

「新造とはまだ見習いの遊女のことですよ。この新造にはね、ふた通りございます。ひとつは振袖《ふりそで》新造、禿のころより楼内で育ち、花魁について読み書きから連歌、三味線、琴から碁《ご》まで勉強させられる。いわば吉原の華の太夫の卵にございます。女衒がこれはと目をつけたものを吉原に仲介するのです。美形が多い。楼も十年後の稼ぎを考えて大事に育て上げる、金も時間《とき》もかかる金の卵にございます。さて、もうひとつの新造は、留袖《とめそで》新造と申し、十四、五の娘を女衒が買い上げて吉原に送り込んだものにございます。こちらは容色が優れた者もあれば、正直申して並の顔もある。それに禿のころより上客に対応できる素質も行儀も教えられていない者が多い。ともかくある年齢に達するまで置いて、格子女郎として突き出しをする……」

突き出しとは遊女が初めて客を取ることだという。

禿から新造と、吉原の英才教育を授けられた少女の突き出しとなると一晩の床代に五百両、千両もの大金が必要であった。むろんまだ客を取ったこともない新造にそんな大金を投げ出す酔興な客はいない。楼の主と姉女郎が相談して、姉女郎の上客のひとりに頼み込むのである。

ともあれ江戸広しといえども一晩に五百両、千両と豪遊する客は、蔵前の札差の旦那か、日本橋の魚河岸、神田の青物市場の旦那衆に限られていたという。

「さて、三浦屋様には今から二年前に買われてきた幾松《いくまつ》という新造がおりましてな、これが容色衆にすぐれて、頭もよい。中等女郎で突き出しにするのはもったいないということで姉女郎の出雲太夫の馴染である金座《きんざ》の御金改役《ごきんあらためやく》を旦那にする話が進んでおりました」

四郎兵衛は鎌蔵を顧《かえり》みた。

「えへん」

とひとつ咳払いした鎌蔵が四郎兵衛に代わった。

「幾松は十六になりましたので、だれぞよい旦那をと去年の暮れから突き出しの準備を始めました。禿上がりの新造同様に十年一覚揚州《じゅうねんいつかくようしゅう》の夢《ゆめ》の代価はおよそ六百両でございます」

幹次郎は一夜の代金が六百両と言ってはばからぬ吉原の底知れぬ奥の深さに凄みを感じた。

「……積夜具《つみやぐ》には越後屋《えちごや》様を煩わせて布団三枚夜具一枚は五寸の幅を繻子《しゅす》で縁取りした鏡仕立て、真ん中は縮緬《ちりめん》地、夜具の裏地は甲斐絹《かいき》でございましてな、なかなかのものにございます。さらに座敷の積物《つみもの》を……」

「鎌蔵さん、突き出しの準備の話より肝心のことを」

四郎兵衛が注意を促し、おお、これは失礼をば、と話を変えた。

「姉女郎の出雲太夫が近ごろ奇怪なことを言い出しましてな」

出雲太夫が抱え主の三浦屋四郎左衛門と女将の和絵《かずえ》に、

「旦那様、女将様、幾松はすでに女でありんすえ」

と告げたというのだ。

「そんな馬鹿な。そなたは幾松がうちに来る前に女になっていたと言われるか」

出雲太夫は頭を横に振り、

「いやさ、近ごろのことのようでありんす」

と言い足した。

「おまえ、そんなことがありますか。まだ見世に披露もしていない新造がどうしてそんなことを」

和絵が気色ばんだ。

「わちきはどこでどうなったか知りんせん。ですが、幾松は努々《ゆめゆめ》処女《おぼこ》ではありんせん」

男女の仲を知り尽くした花魁の勘だ。

主も女将も無視することはできなかった。

新造の突き出しに六百両を投げ出す金座の改役は、幾松がまだ肌を汚していない娘だからこそ、大金を支払うのだ。もしそれが処女でなかったとしたら、六百両を相手に返済しただけでは済まない。

「三浦屋ともあろうものが、傷もの新造を六百両で突き出しに出した」

とあっては悪評が吉原じゅうに立ち、吉原誕生以来の老舗妓楼三浦屋は看板を掲げていられなくなるかもしれない。

鎌蔵はもうひとつ咳払いをした。

「もし出雲太夫の言うように幾松が男と寝ていたとしたら、相手はだれか。旦那様も女将さんも幾松を問い質すかどうか、迷われました。それというのも幾松はおっとりした気性でな、だれから見てもそんな娘には見えんのです。かといって出雲太夫の言葉もおざなりにはできない……」

鎌蔵の言葉は堂々巡りの気配を見せていた。

「三浦屋様では男衆をまず調べられましたかな」

すかさず四郎兵衛が話を先に進めた。

男衆を吉原では若い者、若い衆と言ったが、番頭の鎌蔵以下、見世番、二階廻し、掛廻《かけまわ》り、物書き、と十余人いた。それに若い衆とは区別されて、同じ数の不寝番《ずばん》、風呂番、中郎《ちゅうろう》、飯炊き、料理人など雇い人の男衆がいた。

が、だれをとっても吉原の習わしを破って、「突き出しを予定された新造」に手を出した者はいなかったという。

吉原でそんなことをしでかすのは死を意味するに等しい。

鎌蔵はふうっと大きな息を吐き、

「幾松と仲がよい朋輩に、昨年客を取るようになった女郎の涼風《すずかぜ》がおります」

と話題をふいに変えた。

「そんな折り、遣手がこの涼風の馴染の客のひとりが気にかかると言い出したのでございますよ」

京橋《きょうばし》に、京から移り店を出した小間物屋ぎおんやの若旦那礼次郎《れいじろう》は、夏ごろから涼風の客になり、馴染を重ねるようになっていた。

この礼次郎、顔はすっきりして京の生まれらしく物腰は柔らかい。それに気配りも大したもので店の若い衆から遣手にまで応分の祝儀を与えていくという。そんなとき、京言葉を使わず慣れない江戸言葉で話す様は吉原の者らの心をくすぐった。

「遣手が、どうも礼次郎の時折り見せる険しい目つきが気になる、それに見覚えがあるようなないようなと言い出しましてな。またこの涼風の部屋に幾松が始終出入りしているのです。慌てて、うちでは京橋のぎおんやに若者を走らせました。するとたしかに礼次郎とおっしゃる若旦那はおられた。が、吉原に通ってくる礼次郎とは似ても似つかぬ不細工《ぶさいく》な顔でした……このことを摑んだのは昨日のことです。旦那も女将さんも腰を抜かすほど仰天されています」

ようやく鎌蔵の話は終わった。

「その礼次郎が地色と言われるか」

幹次郎は四郎兵衛にとも鎌蔵にともつかずに訊いた。

へい、と返答したのは鎌蔵だ。

「こんな大胆なことをしでかすのはやくざ者に決まっています、素人ではできません」

「ならば番頭さん、涼風の取り持ちで礼次郎という地色が幾松を傷ものにしたと推量されるか」

「吉原には遊客にも決まりがございます。馴染の女郎とは別に、ほかの女郎に手を出すのは御法度です。涼風が自分の馴染を突き出しを前にした妹分の新造に回したとしたら、女郎の二股以上の定法破りです」

四郎兵衛が言い、

「三浦屋さんの楼内で起こることには会所とてそうそう手は出せません」

と言葉を継いだ。

「涼風に遣手が鎌《かま》をかけて訊いたところによると今晩、野郎が顔を見せるそうなんで。うちでは男衆が手ぐすね引いて待ってます」

鎌蔵は頷いた。

「四郎兵衛様、それがしにはただの地色が女郎を食い物にしようとしているだけとは思えぬ。番頭どの、三浦屋がこれまでに巻き込まれた諍《いさか》いを調べてくれませぬか」

と幹次郎が願い、

「三浦屋に恨みのある者の仕業と言われますか」

鎌蔵が問い返した。

「念のためにございます」

「鎌蔵さん、この四、五年、楼内で処理された諍い、始末屋に頼まれた一件など総ざらい会所に知らせてくだされ」

幹次郎の考えを支持した四郎兵衛が鎌蔵に命じ、

「神守様、本日礼次郎が三浦屋に遊ぶようなれば、尾行をしっかりと頼みましたぞ」

と顔を向けた。

礼次郎は涼風との約束通りにその夕刻姿を見せて、いつものようにきれいに遊び、涼風と床入りをしたそうな、そんな情報が三浦屋の若い衆から会所に伝えられてきた。

泊まるかと思われた礼次郎は、大門が閉まるのを知らせる拍子木の音が響く直前、

「有難うございます、またのお越しを」

の声に送られて出てきた。

長身の肩を窄《すぼ》めるように大門を潜った礼次郎は五十間道をひょいひょいと上って、日本堤に出た。

土手には大門が閉まる前に登楼しようとする遊客を乗せた駕籠《かご》が秋風を分けて飛んでいく。

それを横目に見ながら、礼次郎は鼻歌交じりに今戸橋まで下りた。

幹次郎と長吉は山谷堀の対岸を尾行してきた。

「あやつね、涼風の部屋から一歩も出なかった。幾松も涼風の部屋を訪ねた様子はない」

「ならば接点がないのでは……」

「いや、その辺りがかえって怪しい。そもそも小間物屋の若旦那に化《ば》けているところからしてうさん臭いや」

礼次郎は今戸橋際で客待ちをしていた猪牙舟に乗って山谷堀から隅田川へと出た。

「長吉、舟に乗ったぞ」

幹次郎は焦《あせ》りの声を出した。

今戸橋にはもはや猪牙舟は残っていない。

「ご心配なく」

礼次郎を乗せた猪牙舟が隅田川下流へと曲がったとき、岸辺から、兄い、という声が響いた。見下ろせば会所の若い衆の哥次が船に被せていたこもを素早く剝ぎ取っていた。

ふたりは土手を駆け下り、隠されていた猪牙舟を水辺に押し出して飛び乗った。

哥次が最後に艫《とも》に飛び移り、櫓を握った。

礼次郎の猪牙舟は二丁（約二百二十メートル）ばかり下流を下っていた。

二艘の猪牙舟はつかず離れず大川を下った。

「長吉、もし幾松が処女《おぼこ》でないとはっきりしたら、幾松はどうなるな」

「老舗の三浦屋さんだ、阿漕なことはしますまいが、その日から何人もの客を取らされるのは確かだ。幾松は死ぬまでその暮らしが続きますぜ」

「厳しいな」

「そうはおっしゃいますがねえ、三浦屋さんの損は三百両、四百両じゃあ済まない。なにより失った信用は計り知れないことになる。隠し通すことができたらいいですが、相手が礼次郎だとすると厄介ですぜ」

前を行く猪牙舟が方向を転じたのは両国橋の手前。神田川へとふいに曲がった。

哥次の櫓に力が加わり、速度を増した。

それでも神田川の入り口まで到着するのにしばらく時間がかかった。

神田川に入ったすぐのところに柳橋が架かっていた。その橋際に客を下ろした猪牙舟が見えて、船頭が大川へ引き返そうとしていた。

「船頭さん、今戸橋から乗せた客はここで下りたかえ」

長吉が舳先《へさき》から訊いた。その声に振り向いた船頭が、

「おおっ、急に神田川に入れろと命じたと思ったら、二朱を放り出してよ、土手沿いに浅草橋のほうに走っていきやがったぜ。なんだい、あの客……」

長吉と幹次郎は船着場に跳び渡ると、石段から河岸道に走った。礼次郎が向かった上流へと急いだ。

（ただ者ではない）

幹次郎にも分かった。

浅草橋から蔵前通りが北に向かって延びていた。

反対に橋を渡れば浅草御門だ。

ふたりが橋前で通りの左右に視線をやったとき、右手の蔵前通りを悠然と懐手をした礼次郎が鼻歌交じりに歩いていくのが見えた。

「野郎、おれたちに気がついてますぜ」

長吉が吐き捨てると気を鎮めるようにゆっくりと追っていった。

幹次郎もそれに従った。

二

悠然と歩いていく礼次郎の鼻歌は途切れることはない。

蔵前通りはその名の通りに幕府の御米蔵が並び、通りの左右には幕府の関係役所や禄米を換金する札差たち、豪商が看板を連ねていた。

礼次郎はまた吉原に戻るように陸路北行し、浅草寺の雷《かみなり》御門が正面に見える広小路まで来た。

刻限は四つ半（午後十一時）過ぎだろう。

「礼次郎はなにをする気だ」

長吉が悔《くや》しそうに呟いた。

そのとき、人通りの絶えた広小路をとっとと横切った礼次郎は雷御門にぶら下がる大提灯の下を潜って金龍山浅草寺の参道へと入っていった。そして浅草寺領の寺が並ぶ参道を抜けた礼次郎は、石段を上り総本堂の前に立つと両手を合わせて、

「家内安全商売繁盛、ついでに女郎にもてますようにお願いだっせ」

と幹次郎や長吉の耳に入るくらいの大声でお参りした。すでに両者の距離は半丁（約五十五メートル）と離れていなかった。

「ふざけやがって」

石段を下りた礼次郎は、本堂の裏手に回ろうとしてふいに振り向いた。

「付き馬がつくほど払いをけちった覚えはおまへんえ」

と幹次郎らを常夜灯《じょうやとう》の灯りですかし見て、こちらを小馬鹿にしたように上方訛りで応じた。

付き馬とは吉原に上がって遊び代の足りない客に付けられる男衆のことだ。

吉原ができた当初は各妓楼の男衆が付いていったが、文遣い屋の若狭屋《わかさや》と藤屋《ふじや》が付き馬屋を名乗って、各楼から依頼を受けて、商いとして付き馬代行をするようになっていた。

「おまえさん方、会所の若い衆さんやな」

礼次郎の言葉はあくまで柔らかい。

「客のあとを付け回してなにをしようと言われるのんや」

「おまえさん、京橋の小間物屋の若旦那と名乗りなさったようだねえ。ぎおんやさんには若旦那はいてもおまえさんとは似ても似つかぬ顔だ」

一筋縄ではいかぬと見た長吉が礼次郎に正直に問うた。

「吉原は女郎と遊客の騙し合いの場やおへんか。それを咎め立てするほど、野暮ちんだすか」

「これは参った。たしかにおめえさんの言う通りだぜ」

「ならばうちはこれで失礼させてもらいますえ」

「ちと後学のために訊きたい」

幹次郎が初めて口を開いた。

「そなた、今戸橋から船を雇い、大川を下って浅草御門にて下り、蔵前通りをこの浅草寺まで来られた。この寺の裏手はそなたが先ほどまで遊んでおられた吉原、なんぞ曰くがあっての回り道であろうか」

「おまえはん、西国者だっか」

礼次郎は田舎侍かと問うた。

「さよう、田舎者にござる」

「そうあっさりと胸を張らはったんではな、答えんわけにはいきまへんな。ただの酔興どす、浪人はん」

「野暮ついでに訊く。そなたの真の住まいはこの近くかな」

「へえ、そうどす。浅草寺裏手の田町の長屋に住まいしておりますんや」

「それは奇遇、それがしの長屋も田町でな。夜分はぶっそうでござる、ご一緒いたそうか」

「なんや、野暮天と同道やて」

がっかりしたように礼次郎が言い、長吉が声もなく笑った。幹次郎は礼次郎と肩を並べた。

浅草田町は一、二丁目と分かれ、山谷堀に沿って浅草寺領内に鉤形に広がる町だ。

礼次郎はふてくされたように沈黙したまま歩いていく。

幹次郎は鼻歌を歌って礼次郎の隣を歩いた。

長吉の姿は見えなくなっていた。

礼次郎の足が止まった。

「ご浪人、うちの長屋はここだす。もう見送りは結構だすわ」

なんと礼次郎の長屋は、幹次郎の左兵衛長屋と半丁とは離れてはいない二丁目にあった。

「礼次郎どの、田舎者は親切の押し売りをするきらいがあってな、そなたが長屋に入るのを見届けんと気になって眠れぬわ」

幹次郎は木戸口で仁王立ちで待った。

礼次郎はしばらく立っていたが、

「くそったれが」

と小さな声で呟き、長屋の三軒目の腰高障子を引いて姿を消した。しばらくすると明かりが障子の向こうに点された。

「神守様、お手柄ですぜ。野郎、おれたちを引き回したつもりが、自分から糞壺に足を嵌めやがった」

長吉がうれしそうに長屋の裏手から現われ、笑った。

その夜から礼次郎の辰造《たつぞう》長屋には会所の見張りが四六時中つくことになる。


翌日の昼下がり、吉原の四郎兵衛会所に四郎兵衛と三浦屋の番頭鎌蔵の姿があった。

鎌蔵は恨めしそうな顔で同席する幹次郎を見た。

「お侍、あなたの提言でこの四、五年の揉めごとを調べましたぞ。こんなにもある。びっくりしましたわ」

天明という逼塞《ひっそく》した時代が吉原の揉めごとを増加させているという。その大半が遊客の遊興費の不足だ。中には最初から払う当てがなく登楼する不届き者もいた。

こんなご時世に鑑《かんが》みて、楼ではいろいろな対策を試みた。

まず仲間と連れ合い、つい呑み過ぎて金が足りなくなった場合は、そのひとりを布団部屋か行灯部屋に押し込めて残し、家に戻った仲間に未納の金を届けさせた。俗に言う居残《いのこ》りである。

鎌蔵は、見栄張りの江戸っ子の場合、大体その日のうちに金が届けられると言った。

「厄介なのは最初から行灯部屋覚悟で上がる客です。ですがね、うちは遊女と顔を合わせる初会、二回目に会う裏、三回登楼して馴染と、客の扱いでは吉原の仕来たりをきっちり守ってきた三浦屋です。遣手だって、客の懐具合なんてすぐに見抜きます」

と胸を張った鎌蔵は、

「それでもあの手この手で騙される」

と始末屋と付け馬屋に頼んだ客の名が記された書付をぱたぱたとさせた。

勘定不足を取りに行かせた付け馬ではダメな場合、さらに強面《こわもて》の始末屋を呼ぶ。

始末屋はこの天明期、浅草田町に越前屋《えちぜんや》と青柳《あおやぎ》の二軒が営業していた。

始末屋の手先は行灯部屋に押し込められた客と会い、職業や風体、衣類、言葉遣いなど聞き取った後にその楼の番頭と掛け合う。

「番頭さん、ありゃ一両だぜ」

「馬鹿言っちゃあ困る。うちで呑み食いしただけでも三両二分に上る。それに女郎の揚《あ》げ代が加わるんだ。三両は欲しい」

「いや、せいぜい一両二分だね」

と丁々発止《ちょうちょうはっし》のやり取りのあと、楼が始末屋に客の身柄を渡す値段が決まるという。

始末屋は一両二分で買った客の家の者や雇い主に掛け合い、一両二分以上の払いで放免する。だが、そんな客に限って、家の者や雇い主の信用も失っている場合が多い。そのときは、着ていた衣類を身ぐるみ剝がして手拭い一本を与えて追い出すか、大名家の中間部屋に売り渡して一両二分を回収する。

「お侍、そんな客の恨みはねえ、意外にもうちのような楼には向かないものだ。強引な取り立てをした始末屋に向けられるものさ。それがために各楼は損を承知で始末屋を使っているんだ」

始末屋には十手持ちややくざが多いと鎌蔵は言い、

「そんなわけでさ、この四、五年、礼次郎という男に結びつく諍いはないんだがねえ」

と書付を懐にしまった。

「四郎左衛門様はどう言ってなさる」

四郎兵衛が三浦屋の主の考えを問うた。

「この数日うちにも幾松を水揚《みずあ》げしてくれる金座の長、御金改役である後藤庄《ごとうしよう》三郎《ざぶろう》様がうちに見えることになっております。それまでに幾松が処女《おぼこ》かどうか、白黒つけて後藤様に申し上げたい様子にございましてな。となれば、もはや幾松と涼風を呼んで問い質す頃合か……」

「鎌蔵さん、あと二、三日辛抱してくれまいか。礼次郎の長屋には昼夜ぴったりと見張りがついている。あいつが幾松のことで何を企んでいるのか分かれば、うまく対処ができるやもしれませぬ。何か動いて尻尾《しつぽ》を出せば、新造の幾松に不快な思いをさせずに済ませられるかもしれない」

「主に四郎兵衛様の意向は伝えますがね」

と立ちかけた鎌蔵に幹次郎が、

「誠にお手数ながら、十年前に遡《さかのぼ》って、なんぞ三浦屋さんに恨みを持つ者がいないか調べてくだされ」

と言い出した。

「お侍、四、五年前のを調べるんだって大騒ぎだ。これで十年も前に返れってか」

「相すまぬ」

幹次郎が頭を下げ、なんとまあ、と応じた鎌蔵が会所の奥座敷を出ていった。

「四郎兵衛様、少し無理を言い過ぎましたかな」

「いえいえ、神守様は段々この仕事に慣れてこられましたぞ」

と満足な笑みを浮かべた。

大門を潜ってくる昼見世の客の群れに紛れるように、破れ笠を被った神守幹次郎は五十間道を上っていった。

田町の辰造長屋の木戸口まで来ると、長吉が稲荷社《いなりしや》の赤い鳥居の下から顔を覗かせた。

「なんぞ動きはあったか」

「仲間が顔を覗かせて四半刻ばかり話していった以外、小便に一度行っただけで外に出る気配はないや。もっとも礼次郎は、おれたちが監視していることは承知していますからねえ、早々に動くとも思えねえ」

腰の博多帯に差した煙草入れから煙管を出して長吉は一服点《つ》けた。

「差配の辰造に会いましてね、礼次郎の身許を訊いてみました。するってえと、請け人は上野山下の口入屋の武蔵屋五郎三《むさしやごろうざ》だ。この男、銭さえ出せばなんでも手を出す因業《いんごう》親父でしてねえ、おれの勘じゃあ、いくらか銭を積んで、身許引受人に名を貸したってとこでしょうよ」

「なんの商いをしているか、大家どのに説明したのであろうか」

「小間物屋の担ぎ商いと言ったそうです。だが、長屋に越してきて三月《みつき》にもなるのに仕事に出たためしはない」

「出入りする者は」

「さっき顔を出した仲間がたまに来るぐれえで、そいつは怪しいようには見えねえ」

「ならば動き出すのを気長に待つしかないな」

長吉は、そういうことでと応じると、こんこん様の石像の傍らに腰を下ろした。

赤とんぼが山谷堀から飛んできて、裏長屋の路地に舞った。

そんな夕暮れ、辰造長屋の前に汀女が大名屋敷の中間風の若者を連れて姿を見せた。

「姉様、どうしたな」

幹次郎が稲荷社の敷地から声をかけると、

「幹どの、甚吉どのの朋輩公平《こうへい》様です」

と連れを紹介し、

「甚吉どのが昨夜から戻られぬという」

「なにっ、甚吉が」

汀女が公平を伴ってきたわけを幹次郎は悟った。

「神守様、甚吉さんはもしおれになにかがあれば神守様に連絡してくれと頼んでましたので。昨日、上目黒村《かみめぐろむら》の抱《かかえ》屋敷に使いに出た甚吉さんが、今日の昼間まで戻ってこられぬゆえこちらにお伝えに参りました」

「それはご苦労であった」

と答えながら、嫌な予感に囚《とら》われた。

「神守の旦那、こっちは野郎が動き出すのを待つだけだ。すぐには動きもあるまい、あっても手が足りまさあ。朋輩の身を案じなされ」

と長吉が言ってくれた。

「有難いが四郎兵衛様にお断りせねば」

「幹どの、こちらのことを教えてくれたのは四郎兵衛様です。その折り、火急《かきゅう》の様子、幹どのにはそちらへ専念するようにと、許しを申されましたぞ」

「有難い」

幹次郎は長吉に一時留守をすると頭を下げ、その場を離れた。

「公平どの、甚吉はそなたになにも残したりはしなかったか」

「残したりとはどんなもので」

「書付のようなものじゃ」

いえ、と公平は顔を横に振った。

田町の辻でしばらく足を止め、考えに落ちた幹次郎は、

「姉様、ご苦労であったな。長屋で待っていてくれ。甚吉はひょっとしたら、この刻限、屋敷に戻っておるやも知れぬ、それを確かめたい」

「甚吉どのが無事なことをご先祖にお祈りしておりましょう」

汀女が左兵衛長屋へと帰っていった。

「公平どの、屋敷まで同行してくれぬか。それがしは屋敷に立ち寄れぬ身、甚吉の持ち物をそなたが調べてくれると有難い」

「畏まりました」

公平は江戸育ちらしく、きびきびとした態度で歩き出した。

豊後岡藩七万石の中屋敷は、芝口一丁目にあった。浅草からはだいぶ道のりがある。

ふたりは黙々と夕暮れの道を江戸の町を突っ切って芝口へと向かった。

天明期、岡藩の藩主は中川修理大夫久貞であった。

「そなたは江戸の生まれか」

幹次郎は寡黙にも道案内を務める公平に訊いた。

「へえっ、親父はお国の出でして、先代久慶《ひさよし》様に従って、江戸入りしましてねえ、わっしが芝口のお長屋で生まれたってわけで」

「親父どのは息災《そくさい》か」

「いえ、亡くなりました」

「それはすまぬことを聞いたな」

「親父の死を悲しむ歳じゃあ、ありませんや」

と言った公平は、

「神守様、汀女様は納戸役藤村壮五郎の妻女でしたそうな」

「甚吉から聞いたか」

「いえ、そうじゃあねえんで。神守様と汀女様の一件は、江戸の屋敷にも伝わっておりましてねえ、重役方は別にして、わっしらのような中間小者はみんなおふたりの味方なんで」

「われらのことを屋敷じゅうが知っておるというのか」

「へえ、その通りで」

そう答えた公平は、

「甚吉さんからなにかあったら助勢してくれと言われたとき、わっしは神守様と汀女様のお手伝いができることがうれしくてねえ」

と言った。

幹次郎は十年も前の所業が今も江戸屋敷に波紋《はもん》を広げていることに複雑な心境であった。

「今度の一件だって、藤村が金で雇った浪人者を討ち手として寄越《よこ》したんでしょ、やり口が汚ねえや」

「公平どの、甚吉はその者たちに拉致《らち》されたと思うか」

「他に考えがありますかえ」

「ない」

「ならば三人に捕まっているんだろう」

「いや、ふたりじゃ。過日、三人のうちのひとり、岡崎儀助を始末したでな」

公平の足が止まり、幹次郎の顔を見た。

「旦那の腕は尋常じゃないね」

と感心したように呟いた公平は、

「神守様、この橋際で待っててくれますかえ。屋敷はすぐこの先だ」

橋には土橋と書いてあった。

「頼む、じゃが気をつけてな」

へえっ、返答を残した公平が足早に闇に姿を没した。

幹次郎は橋の袂で一刻《いっこく》（二時間）ほど待った。

「神守様、待たしてすまねえ」

額に汗をかいて走ってきた公平は、

「甚吉さんやわっしのような中間は大部屋の雑居なんで。わっしが戻ってみると、お留守居役の立藤様に命令された侍がさ、甚吉さんの柳行李《やなぎごうり》をひっくり返して調べていたんで。それでこんなに遅くなりました」

「先手を打たれたか」

「どうやらあいつらの様子じゃあ、神守様と甚吉さんの関わりを記した書付など目当てのものは見つからなかったようですぜ」

「甚吉が他に書き残したものはないのか」

幹次郎はがっくりと肩を落とした。すると公平が袂から結び文を出して、

「甚吉さんの持ち物には隠されていませんでしたがね、その代わり、わっしの道具箱に入れられてあったんで」

と差し出した。幹次郎が受け取ると、下手な字で、神守幹次郎殿宛てとあった。

三

夜道を神守幹次郎と公平は急いでいた。

赤坂溜池《あかさかためいけ》から大名家の抱屋敷や旗本屋敷の間を抜ける道を南西に進むと、梅窓院《ばいそういん》という寺があった。

この寺は美濃郡上藩《みのぐじょう》四万八千石の青山《あおやま》家の初代藩主幸成《よしなり》公の亡骸を埋葬したところで、その法号を寺名として建立されたものだ。

梅窓院と縁《ゆかり》の青山家の下屋敷の敷地に沿って青山原宿村《はらじゆくむら》が細く続き、その境界を細流《さいりゆう》がさわやかな音を立てて流れていた。

甚吉は公平の道具箱に隠しおいた結び文で、刺客の木下常八と藤堂新之助の住まいを書き残していた。岡藩を訪ねてきた木下のあとを尾行して、隠れ家を知ったのだ。

「甚吉はおそらくこの青山原宿村梅窓院裏手の百姓家に幽閉されておろう。それがし、これより救出に参る」

と言う幹次郎に公平は、

「神守様、江戸外れの青山原宿村をご存じですかえ。夜中に探り当てるのは至難のことだ。わっしも行こう」

と道案内を買って出てくれた。

公平は懐に小田原提灯を持参していた。その灯りを頼りに梅窓院の裏手へと入っていった。

「公平どの、そなたがおらんでは到底ここまでも辿りつけなかったわ」

幹次郎は正直に感謝した。

「難儀はこれからですぜ。どこも寝入ってますからね、ふたり連れの浪人が住まいする家はどこかなんて訊く相手もいませんや」

左手の田から冷たい秋風が吹き上げてきた。

畔道《あぜみち》に毛が生えたほどの道を灯りを頼りに進むと道が三叉路《さんさろ》に分かれ、庚申堂《こうしん》があった。青面金剛《しょうめんこんごう》を祀《まつ》る堂の前でふたりはどちらに向かったものかと迷った。

時刻は九つ過ぎと思えた。

(朝を待つしか手はないか)

幹次郎が捜索を諦めかけたとき、右手の道から灯りがゆらりゆらりと近づいてきた。

「おお、あの人に尋ねようか」

が、灯りは左右前後に行きつ戻りつしてなかなかふたりの傍には到達しなかった。

「さ、作兵衛《さくべえ》が死んで寂しゅうなったな」

「おお、胸のうちを冷てえ風が吹き抜けているようだ」

話し声の様子からふたり連れは友だちの通夜にでも出て、振る舞い酒に酔っているようだ。

「さ、作兵衛はいくつだった」

「おれとおめえと同い歳だ。五十六よ」

「早え。ちっとばかり早えぞ」

「うんだ」

ようやく肩を支え合ったふたりが、幹次郎と公平の前に来た。

ふたつの灯りに、泥酔した体の百姓らの顔が浮かんだ。

「訊きたいことがあるんだが、教えてくれめえか」

と公平がふたりに言った。

「おめえはだれだ」

「江戸から人を訪ねてきた者なんで」

「馬鹿にするめえよ。青山原宿村といってもよ、立派な江戸だ。なあ、茂十《もじゅう》」

「おお、そうとも、ここも江戸だ」

すまねえ、と謝る公平にふたりの体が大きく揺れて横倒しになり、高鼾をかいて眠り込んでしまった。声をかけられ、家に戻ったと錯覚《さっかく》したか、一気に腰から力が抜けたようだ。

「ちぇっ、運よく人に会ったと思ったら酔っ払いだぜ」

「すぐに正気を取り戻すとも思えぬな」

幹次郎は思案にくれて地べたに寝込む男たちを見た。

浅草田町の辰造長屋の一軒の戸が静かに開いて、礼次郎が姿を見せた。

見張りをしていた四郎兵衛会所の長吉と哥次に緊張が走った。

そんなことを気にする様子もなく、礼次郎は長屋の木戸口を出ると悠々と浅草寺の方角へと田圃道を歩いていく。

その後を長吉と哥次が尾行していった。


豊後岡藩の江戸屋敷中間甚吉は、木下常八と藤堂新之助が囲炉裏端《いろりばた》で茶碗酒を呑み続ける様子を潰れかけていないほうの目で見ていた。

(くそっ、油断した)

甚吉に後悔の念が走った。

昨日の昼前、抱屋敷のある上目黒村まで中間頭《がしら》の命で使いに出された。

書状を抱屋敷用人《ようにん》に届け、返事をもらってくるという使いだ。

甚吉の足ならば、日没前には悠々と往復できる距離だ。

だが、訪ねた相手が留守で、二刻余りも待たされた。ようやく戻ってきた用人に書状を渡し、返事をもらったのが暮れ六つを過ぎていた。

田舎道を東に下り、目切坂《めきりざか》を上って三田《みた》用水を越えるころ、秋の日がつるべ落としに落ちて暗くなった。

甚吉は人通りも絶えた入会地《いりあいち》を歩きひたすら江戸を目指した。

渋谷川《しぶやがわ》を渡ると大名家の下屋敷や寺が道沿いに現われ、青山百人町《ひやくにんちょう》に入った。

甚吉は嫌な感じが背に走った。

道はこの先で梅窓院の前を通過する。

神守幹次郎と汀女を討ち果たさんと、藤村壮五郎が国許から送り込んできた木下常八と藤堂新之助の隠れ家が、その裏手にあった。

三日前、岡藩の江戸屋敷に留守居役を木下常八が訪ねてきた。甚吉はその帰りを尾行して、彼らの住まいを探り当てていた。このことを、

（幹やんに知らせにゃ）

と考えながら、長屋を当分訪ねるでないと釘を刺されたことを思い出した。

そこで用心のために神守幹次郎宛てに走り書きを残し、自分の柳行季ではなく、

朋輩の公平の道具箱に隠した。公平はただひとり藩邸の中で心を許し合える友であったから、なにか起こったら浅草田町の左兵衛長屋に知らせてくれとも頼んであった。

百人組同心の屋敷が通りに沿って並んでいた。

甚吉は抱屋敷で借り受けた岡藩の紋所《もんどころ》入りの提灯を突き出すように道を急いだ。

屋敷が途切れ、寺町に入った。

すると前方に人影が立っていた。

甚吉は歩を緩めて、提灯をさらに突き出して相手を見た。

(木下常八……)

手にした提灯を投げた甚吉は、くるりと体を回して元来た道を走り出した。

(糞っ！　使いはおれを罠にかける策だったか)

そう考えながら逃げる甚吉の鳩尾に棒のようなものが突き出された。

甚吉はそれが槍の鐺と知らないままに激痛と一緒に意識を失っていた。

顔に冷たい水がぶちかけられ、蘇生《そせい》した甚吉を木下と藤堂が冷めた目で見下ろ

していた。甚吉は木下らの隠れ家の百姓家だと悟った。が、

「なんでえ、夜盗《やとう》か。金なんぞ持ってねえぞ」

とふたりを知らぬ振りをした。

木下も藤堂もなにも答えない。ただ、乱暴に引き起こすと荒縄で手足を縛り、別の縄で体を百姓家の大黒柱に縛りつけた。

その夜はそのまま放置された。

次の日の昼下がり、百姓家を岡藩の家臣らしき侍が訪ねてきて木下らと何事か話し合い、その侍が戻った後、初めて声をかけられた。

「甚吉とやら、神守幹次郎と藤村汀女の住まいを教えてくれぬか」

木下は奇妙に丁寧だった。

「おまえさん方、なんぞ勘違いなされてますぜ。おれにはなんのことやら分からねえよ」

「どこまでそう言い張れるかな」

藤堂が家から出ていくと青竹の束を抱えてきた。庭の竹藪から切ってきた様子だ。

藤堂はそれを甚吉の目の前で四尺の長さに切り揃えた。そんな竹棒を十本ほど

「竹はいくらでも生えておる。ささくれ立てばまた新しい竹を切ってくるまでじゃ」
造った。

藤堂が一本目の竹を構えてうそぶいた。

「なにをしようってんで」

「すでに木下様が問われたはず」

「おれは幹やんと姉様の長屋など知らねえ」

「岡崎儀助はどこにおるな」

「岡崎様なんて知らねえよ」

いきなり藤堂の青竹が甚吉の肩口に叩き込まれた。

「ひえっ」

悲鳴を上げた甚吉は、

「痛いよ、痛いよ」

と、まるで女子供のように泣き叫び、

「おれがなにをしたというんだ。間違いだ。痛いよ、死にそうだ」

と大声で訴えた。

「まだひと打ちしただけじゃ、大仰《おおぎょう》な」

藤堂が新たに殴りつけた。するとさらに大きな声を張り上げた。

「大声を上げようと、ここいらには人家《じんか》はないわ。喚け、泣け」

一打ごとに甚吉の悲鳴と泣き声も大きくなった。

「おのれ、黙れ！」

「おれは知らねえ、殺される！」

「うるさい」

「だれか助けてくれえ、殺される！」

藤堂の責めと甚吉の泣き叫びの根比べとなった。

半刻余りの拷問の後、甚吉は意識を失った。

うんざりした藤堂がささくれた青竹を放り出し、

「中間とはいえ、大名家に仕える者ではないか。女子供のように泣き叫びおって、こっちの気が殺《そ》がれるわ」

「それがこやつの狙いよ。蘇生させて責め続けよ」

木下が藤堂に命じた。

「木下さん、代わってくれ」

藤堂は板の間の隅に置いてあった徳利に手を出すと、口をつけて飲んだ。

何度か拷問は繰り返されたが、甚吉の泣き声はやむことはなかった。

甚吉は何度も意識を失い、その度に体が消耗していくのが分かった。だが、

（公平が結び文を見つけて、幹やんに届ける。なれば幹やんはおれを救いに来てくれる）

と信じていた。

痛みが極限に達したとき、何度も幹次郎と汀女の長屋の場所を口にしようかと考えた。が、口を開ければ始末される。

（幹やんの助けを待とう、待つのだ）

時間《とき》の感覚がなくなった。

この百姓家に連れてこられてどれほどの時間が過ぎたか。

間歇《かんけつ》して襲いくる痛みの中で神経だけが鋭敏さを増していた。

神守幹次郎と公平は暗黒の中、そこだけ灯りがこぼれる百姓家を見ていた。

竹藪が夜風にさわさわと鳴った。

通夜帰りの男たちは一刻ほど庚申堂の前で眠り込み、酔いが醒めたかふいに目

を覚ました。そして公平の問いに、

「岡藩の関わりのある浪人さんかえ、左兵次《さへいじ》の持ち家に住んでおるよ」

とあっさり答えた。

「左兵次の家はどこにございますな」

「この先に川が流れているでよ、その手前の竹藪の中じゃあ。夜中も灯りが点っているで分かるべえ」

と教えてくれ、ぶるぶると体を震わせた。

ふたりはその言葉を頼りに捜していたところ、拷問に泣き叫ぶ甚吉の声を耳にした。

「なんとしても甚吉の命が第一じゃ、どうしたものか」

「わっしが顔を出して注意をそらす。神守様はその隙をついて甚吉さんを助けてくだされ」

公平は救出にも一役買うと言ってくれた。

「よし、当たって砕けろ。その手でいくか」

幹次郎は、無銘ながら研ぎ師が豊後国の名鍛冶行平の作刀と判断した二尺七寸の豪剣の目釘を確かめて、歩き出した。そのあとに公平が従った。

冴えた甚吉の神経が、近づく者の気配を感じとった。

その気配を読んだか、青竹を手に藤堂がふいに立ち上がった。

甚吉は怯えた声を張り上げた。

「嫌だ、もう折檻しねえでくれ！」

「ならば、神守幹次郎と申す妻仇の下郎の長屋を言え」

「おれは知らねえ、知らねえよ！」

甚吉の声はさらに大きくなった。

「藤堂、こやつを突き殺してしまえ。もう泣き言にはうんざりだ」

木下常八が冷たい視線を甚吉に向けた。

藤堂が青竹の代わりに槍を手にして、鞘を払った。

「ゆ、許してくだせえよ」

甚吉の泣きごとに呼応して、裏口がかたりと鳴った。

「ご浪人、左兵次だがよ。悲鳴が外に漏れて聞こえたが、なんぞあったかや」

公平が百姓家の持ち主を真似た声を出した。

「大家どのか」

藤堂が慌てた声を上げた。

「こんな夜中に大家が来るはずもない」

木下が小声で囁《ささや》き、藤堂が、

「いや、なんでもない」

と言いながら、裏戸に接近した。

そのとき、囲炉裏の火が風に靡《なび》いた。

表戸がするすると開けられ、神守幹次郎が板の間に飛び上がってきた。

「おのれ、なにやつ！」

木下常八は傍らの大刀を摑むと中腰に立ち上がった。

「そなたらが捜す神守幹次郎」

「藤堂、甚吉を始末せえ！」

木下が藤堂に叫んだ。

裏戸が開いて公平が顔を出した。そのことに一瞬藤堂は気を取られた。

幹次郎は疾風《はやて》のように板間を走った。

鞘を投げ捨てるように抜き合わせた木下も、飛び込んできた幹次郎を迎撃《げいげき》した。

中腰から立ち上がりざまに剣を振り上げた。

その切っ先が自在鉤《じざいかぎ》に当たって流れた。

黒ずんだ自在鉤に止まっていた蠅《はえ》が中空に鈍く舞った。

幹次郎は間合を計りつつ、眼志流の秘剣浪返しを放った。それが円を描いて伸びると、流れた剣を立て直そうとした木下の胴を深々となぎ斬った。

幹次郎は囲炉裏の火に被さるように倒れ込む木下常八を見ようともせず、大黒柱の甚吉の傍に走った。

「幹やん、おりゃ、喋らなかったぞ！」

「おおっ、知っておるわ」

甚吉を庇《かば》うようにして藤堂新之助を顧みた。

板の間の端から藤堂新之助が槍の穂先を幹次郎の胸につけた。

幹次郎は抜き放った剣を立てた。

百姓家の囲炉裏端には天井がない。それだけに長剣を振り回す十分の広さがあった。

「方円流槍術《ほうえんりゅうそうじゅつ》藤堂新之助」

藤堂が名乗った。

夏を生き残った蠅が囲炉裏端をゆっくり飛んでいる。

幹次郎はそれに目を留めた。

「居合の遣い手のようじゃな。いったん抜いた剣は無用の長物」

藤堂が赤柄の槍をしごいた。

穂先がきらきらと行灯の灯りにきらめいた。

幹次郎の視線が蝿から藤堂に戻り、ゆっくりと左回りに身を移した。

藤堂の穂先もまた回転する幹次郎の胸板に従って移動してきた。

ふたりは囲炉裏を挟んで対峙した。

木下の刀が叩いた自在鉤がまだ揺れていて、幹次郎との間にあった。

木下常八の体が火に覆い被さって、その下から煙が立ちのぼっている。

「岡崎儀助もそれがしが始末した。残るはそなたひとり、この場から立ち去るというならば見逃してやろう」

「下郎、抜かすな」

藤堂は自在鉤の右手から穂先を鋭く突き出した。

幹次郎は左に飛んだ。

外された藤堂は自在鉤が邪魔になって穂先の狙いを横へ、幹次郎の動きへと合わせられなかった。

赤柄の槍をいったん手元に引き寄せ、左に身を移した幹次郎に狙いを定め直そうとした。それが敗因を招いた。

　幹次郎は自在鉤の揺れに合わせて囲炉裏の上を一気に跳んだ。

　頭上高く振り上げた長剣を、

「きえっ！」

　と怪鳥の鳴き声にも似た気合いとともに斬り下ろす。

　大胆不敵な殺到に藤堂新之助が動揺した。

　薩摩示現流の怒濤《どとう》の太刀風が、引き寄せた槍を繰り出そうとした藤堂の眉間に吸い込まれ、胸元まで斬り下げたのはその直後だ。

　横倒しに倒れ込む藤堂の体を飛び越えた幹次郎は、板間の上がり框まで走り、そこで踏み止《とど》まった。

　その視線に公平が呆然として立ち竦む姿が見えた。そして幹次郎の背に、

「幹やん、やっぱり来てくれたな」

　と泣き声交じりの甚吉の声がした。

　幹次郎は追っ手三人を始末したことで国許の藤村壮五郎や蛇貫こと肥後貫平がどう動くか漠然と考えていた。

妻仇と　よばれて久し　秋の蠅

脳裏に腰折が浮かんだ。そして討っ手に追われる旅は生涯続くと思った。

四

吉原の昼前、秋の穏やかな日差しが物憂《ものう》く仲之町に落ちていた。

三浦屋の遣手おかねは、楼内のどんづまりにある秋葉社に酒と油揚げを持参しようとしていた。それがおかねの日課だった。すると角町の奥から大名家の半纏を裏返しに着た中間が出てきて、大門へ足早に去っていった。

おかねはまだ若い男の背を見ながらなぜか、

「国許に戻る前に女郎さんに別れを言いに来たか」

と考えていた。

切見世の客はちょんの間が多い。

一晩泊まった客の様子がおかねにそんなことを妄想させたのだ。

おかねは秋葉常燈明へ視線を向け直して、また大門の中間へと戻した。

「わたしとしたことがなんてことを……」

おかねは三浦屋に戻ろうと一、二歩歩みかけ、思い直すと四郎兵衛会所へ走り出した。

そのとき、会所の奥では四郎兵衛と無精髭の神守幹次郎が対面していた。

戦いの後、幹次郎は甚吉の縄を解くと体の傷を調べた。

何回も拷問を受けた傷は全身に走っていたが、死にいたるほどのものではない。

百姓家の台所から焼酎《しょうちゅう》を見つけてきて傷を消毒し、

「甚吉、少し待っておれ」

と言うと公平に手伝わせて、木下と藤堂の死体を竹藪に残っていた古井戸に投げ落とし、土や石を投げ入れて隠した。

その後、戦いの痕跡を拭い消すと、外した戸板に甚吉を乗せて、まだ明けやらぬ青山原宿村の百姓家から江戸に向かったのだ。

赤坂溜池近くで夜が明けた。

そこで運よく辻駕籠を拾い、酒手《さかて》を余分に与えて甚吉を浅草田町まで運ぶよう頼んだ。左兵衛長屋に連れ戻った甚吉を汀女に預けると、吉原の会所に走り、医師を紹介してもらった。甚吉は手当てを受けて、ようやく安心したか長屋の一階で眠りに就いていた。

騒ぎが一段落ついたので、幹次郎が会所に戻ってきたところだ。

「四郎兵衛様、役目に戻らしていただきます」

四郎兵衛が徹夜の痕跡を顔にとどめた幹次郎を見て、

「神守様、まずは朝風呂など入ってきなされ」

と笑ったものだ。

「はあ」

生返事をした幹次郎に四郎兵衛が訊いた。

「お仲間は無事助け出されたようじゃな」

幹次郎は手短に昨夜来の行動を告げた。

「これは吉原にも関わりのあること、どうやら岡藩の江戸家老どのと談判したほうがよさそうですな」

と四郎兵衛が腹立たしげに明言した。

「そのためにもまずはこちらの一件を片づけねばなるまい」

「長吉たちは辰造長屋を見張っておりますか」

「夜半に長屋を出た礼次郎に江戸じゅうを引き回されたそうな。あやつ、なかなかしたたかな野郎ですねえ」

四郎兵衛がそう言ったとき、三浦屋のおかねが手に茶碗酒と油揚げを載せた皿を持って奥座敷に飛び込んできた。

「頭取、礼次郎のことを思い出しましたよ」

「ほお、三浦屋とやはり関わりがありましたかな」

「今さ、仲之町で若い中間を見て、十年も前の出来事が蘇りましたのじゃ」

「十年前の因縁かえ。神守様の勘が当たりましたな、鎌蔵さんの尻をもっと叩いておくのだった」

四郎兵衛が幹次郎の顔を見て言い、おかねがふたりの前にぺたりと座った。

「安永年間かねえ、家治様が日光社参に四十八年ぶりに行かれるとかどうとか騒いでいたころの話さあね。うちに若い中間が上がってねえ、さんざ呑み食いして女郎と一晩を過ごし、次の朝のことだ……」

二十前と思える若い中間は、帳場に預けてあった包みを持ってこさせ、布を開いて驚いた表情をしてみせた。

「大事な文筥《ふばこ》が壊れている」

番頭の表情が見る見る変わった。

文箆の家紋が葵《あおい》の紋だったからだ。

「わっしは御三家水戸藩の者だ、大事な文筥を壊された。どうしてくれますかえ」

中間が居直った。

三浦屋では会所に使いを走らせようとして迷った。

日本堤の新《しん》吉原の地は元々水戸藩の塵芥捨て場であったところだ。

明暦の大火の後、元《もと》吉原から移転の際、その地を水戸藩から下しおかれた謂れがあった。そこで不文律《ふぶんりつ》ながら、吉原は町奉行所とは別に、水戸藩より御目付同心やその下役《したやく》の者の毎月二回巡察を受ける決まり事を負っていた。

もちろんこの巡察は名目のみだ。だが、この決まりを悪用する家臣もいた。

背に丸の中に合の字を染め抜いた鼠《ねずみ》小紋の木綿羽織を着た家臣が楼内を巡察して、月行事の家で呑み食いして帰るようなことだ。厄介なのは黒鍬者や小者たちが身分を隠して登楼し、さんざ遊んだ後に葵の御紋をちらつかせて騒ぐことだった。彼らは最初から勘定を払う気はないのだ。

三浦屋に水戸藩の小者が上がったのは初めてのことだ。

番頭からその話を聞いた主の四郎左衛門は、

「その者が水戸藩の者かどうかしっかり確かめよ」

と命じた。四郎左衛門には、吉原一の老舗の楼という自負があった。そこで番頭らは、壊れた葵の御紋入りの御状箱を子細に点検した。

「四郎兵衛様、するとさ、文筥の造りも粗雑なら御紋も怪しげだと分かった。それでねえ、うちでは始末屋を呼んで、中間を下げ渡したのさ」

「どこの始末屋か」

「へえ、今は廃業してなくなった赤城屋《あかぎや》ですよ」

衣紋坂の裏手にあった赤城屋は香具師の文七《ぶんしち》が開いた店だが、始末屋の中でも乱暴な手を使うことで知られていた。四、五年前、強引な取り立てが問題になって廃業に追い込まれている。

「おかねさん、赤城屋では中間をどう扱いなすったね」

遣手は困った顔をした。が、覚悟したように言い出した。

「聞いた話さね。文七は中間から一文の取り立てもできないと分かると、老女の夜鷹数人にその身を預けてさ、幾晩もおもちゃにさせたのさ」

「なんと……」

若い男が母親よりも年上の娼婦にいたずらされると心に深い傷を負って、もはや女を抱けない体になることもあった。

「文七は中間が女に手出しできないようにして、雇い中間の口入屋に叩き売ったそうな……四郎兵衛様、私の頭の隅にさ、まだあのときの若い中間の顔が残っていたんだねえ。礼次郎って野郎は、間違いなくあのときの中間だよ」

「中間の名はなんといったか、覚えてなさるか」

「市助《いちすけ》だよ」

「市助が十年ぶりに吉原に戻ってきて、三浦屋さんに嫌がらせをしたってわけか」

四郎兵衛が納得したように呟き、

「四郎左衛門様に会わねばならぬな」

と言った。

そのとき、廊下に長吉が姿を見せて、平伏した。

「どうした、長吉」

「礼次郎の野郎を逃がしました、申しわけのないことで」

「理由を述べえ」

「昨夜、われらを引き回した道中のどこかで、昨日、長屋を訪ねてきた仲間の男とすり替わってございます」

小便に起きてきた男は、昨日礼次郎を訪ねてきた仲間の慎三《しんぞう》だった。その慎三を問い質すと、二分の金ですり替わりを頼まれたことを喋ったという。

「四郎兵衛様、迂闊《うかつ》にございました」

長吉は廊下に額を擦りつけていた。それが会所の厳しい規律を幹次郎に教えてくれた。

「長吉、失態です」

と四郎兵衛は言い、

「じゃがな、あやつの正体が知れたところ。あやつは十年がかりの恨み晴らしを三浦屋さんに挑んでいる最中じゃ、一筋縄ではいきますまいよ」

と手下を慰めた。

「正体が知れてございますか」

長吉が顔をわずかに上げて聞いた。

四郎兵衛がおかねから聞いたばかりの話を手下に告げた。

「水戸家の中間に化けた野郎なんで。となるとこの十年、市助がどんな暮らしに足を突っ込んでいたか、そいつが大事になりますねえ」

「長吉さん、あいつが時折り見せた眼の光はただ者じゃないよ」

おかねが言い、

「なんとしても市助を見つけ出さねばなりませぬな」

と長吉が応じた。

「いや」

と四郎兵衛が呟き、

「おまえたちを撒いたということは、あっちから仕掛けてくるということですよ」

と言葉を継いだものだ。

おかねに、このことは三浦屋四郎左衛門様にもしばらく内緒にしてくれと命じた四郎兵衛は、幹次郎を見ると、

「汀女様はどうしておられますな」

と訊いた。

会所の四郎兵衛に三浦屋から、

「ちょいとお越しを」

と使いが来たのは夜見世が始まる前のことだ。

四郎兵衛はすぐさま三浦屋に行った。すると神棚のある内証で主の四郎左衛門と女将の和絵が苦虫を嚙み潰したような武家と対面していた。

「お呼びにより参上しました」

四郎兵衛が老舗の主であり、吉原の総名主でもある四郎左衛門に挨拶すると、武家の前に正座した。

「これは後藤様、お久し振りにございます」

武家は、幾松の突き出しを頼まれた金座の御金改役後藤庄三郎その人であった。

「四郎兵衛か」

後藤は言い、

「三浦屋から頭を下げられたによって新造の祝いを引き受けたら、この無様じゃ。今な、どうしてくれると談判しておったところだ」

「事情は察しております」

「四郎兵衛、後藤はいい笑い者じゃ。突き出しに傷物をあてがわれ、その上何百両もの金を支払うのじゃからな」

新造の突き出しを頼まれるのは江戸の旦那衆にとっては名誉なことであった。それが一転虚仮《こけ》にされる身に落ちようとしていた。後藤が怒るのも無理はなかった。

「後藤様、どちらからそのようなことをお聞きなされた」

「礼次郎と申す町人がそれがしに伝えたことじゃ」

「そのらちもない言葉を後藤様ともあろうお方が信用なさる」

「虚偽《うそ》と申すか」

「礼次郎の本名は市助と申しましてな、十年前に水戸家の中間に化けて三浦屋に登楼、難癖をつけて勘定をただにしようとしたところを始末屋に突き出されて、恨みを抱いた者にございますぞ」

「なんと」

と仰天したのは主夫婦だ。

「はい」

と畏まった四郎兵衛はおかねが思い出した話をし始めた。

その刻限、三浦屋の二階の座敷に汀女の姿があって、涼風や幾松と対面していた。

「なんぞわちきに用事がありんすか、お師匠様」

涼風が遣手のおかねに付き添われてきた汀女に訊いた。

そのおかねは姿を消していた。

汀女は会所の四郎兵衛の命でふたりに面会していた。

「あなた方には重々失礼な仕儀とは存じます。じゃが火急な場合ゆえ正直にお尋ね致します」

と断った汀女は、

「涼風様、そなたの客に礼次郎と申される方がございますな」

涼風の顔が緊張した。そしておっとりした幾松の顔にも朱が差した。

姉女郎が頷いた。

「礼次郎さんは京橋の小間物屋の若旦那でありんす」

「花魁は礼次郎様と床入りをなされたか」

「お師匠、そなたはなんの謂れがあってそのようなことを……」

「尋ねられると問いなさるか。三浦屋様の信用が失墜《しっつい》するかどうかの瀬戸際ゆえ、お尋ね致します」

涼風が汀女を睨むと、

「男と女の仲をつまびらかにするのは廓の御法度にありんす。されど三浦屋の大事といわれるゆえ答えます。床入りはしましたが、礼次郎様はかわいそうな身の上、男の務めは果たせぬ体……」

頷いた汀女は話を展開させた。

「花魁、男の務めが果たせぬ礼次郎を安心して幾松様に仲介なされたか。しかと訊きますゆえ、しかと返答してくだされ」

涼風が動揺した。

「さていかが……」

汀女の詰問に顔を歪めた。

「お師匠様、わちきが話します」

童女《どうじょ》のような顔立ちの幾松が口を挟んだ。

汀女の視線が新造に向けられた。

「涼風様から礼次郎さんのことを伺い、夢を叶えて差し上げました」

「その夢とはなんでございますな」

「処女《おぼこ》と添い寝することにありんす」

涼風が答えた。

「幾松さんは突き出しを前にされた身……」

「お師匠様、礼次郎さんは男の顔をした仏さん」

もはや性的な欲望はない身と幾松も言った。

「あなた方は礼次郎がどのような謂れであのような体になったかご存じか」

涼風と幾松が顔を横に振った。

「あの者の本名は市助と申して……」

汀女がその経緯をふたりに淡々と説明した。

話の途中からわなわなと身を震わし始めたのは涼風だ。

幾松には奇妙な笑みが浮かび、その後、表情を消した。

「あの者は三浦屋さんに恨みを抱いて涼風様と馴染を重ねた。ですが、涼風様の言われる通りに男女の仲にはなり得ない体でありましたな」

涼風が頷く。

「礼次郎様はわちきの傍らにいるだけでほっとすると……」

「市助が幾松様と一緒に時を過ごしたいと夢を語ったとき、涼風様は情けから機会を作って差し上げたのですね」

「はい」

さて、幾松様、と汀女は若い新造を見た。

「礼次郎こと市助は、そなたの体に触れましたか」

「いえ、お師匠様、指一本も。わちきの体は無垢《むく》にありんす」

「幾松様、わたしには何百両も一晩の代価を支払われる男衆の気持ちが知れませぬ。男と女、心を通わせてこそ。万金でも買えぬもの」

幾松が大きく頷いた。

「ですが吉原の仕来たりは仕来たり、そなたが突き出しの夜、処女《むすめ》でなかったとしたら、そなたの身は地獄に落ちます。また三浦屋様も信用を無くして楼を閉ざす羽目に陥《おちい》らぬとも限りませぬ。どうしたものか、幾松様」

幾松が童女のような瞳を汀女に向け、何か訊きたげな顔をした。

階下の内証では四郎兵衛の話が終わりに近づいていた。

「市助は女を抱きたくとも抱けない体。これは後藤様、十年前の嫌がらせにございますよ」

「しかとさようか」

「幾松の体は無垢そのもの。後藤様、ご覧になりますかえ」

と聞いた。

「会えるのか」

「吉原の仕来たりにはございません。しかし、後藤様もそのような疑いの上で突き出しの夜を迎えられるのは、ご不快にございましょう。話すことは叶いませぬが、遠くから様子を見る場を作らせてもらいましょうか」

しばらく無言で考えていた後藤が頷いた。


吉原に灯りが点り、秋の色に宵が染められた。

三浦屋では中庭を挟んで二階の四周を座敷が取り囲んでいた。

表通りに面した座敷に雪洞《ぼんぼり》の光が入り、障子がわずかに開かれた。すると中庭越し反対側の座敷から、ふたりの男が灯りの入った座敷に見入っていた。

暗がりの座敷にいるのは、後藤庄三郎と四郎兵衛だ。

「おおっ」

後藤庄三郎の口から思わず溜息《ためいき》が漏れた。

汀女と相対して、白無垢の小袖姿の新造幾松が短冊を手に中庭から鳴き声を上げる鈴虫に耳を傾け、思案していた。その無心の顔はまるで一点の曇りもない童女か天女そのものに見えた。

「後藤様、あれが男を知った娘ですかな」

ごくりと唾を飲んだ金座の改役がそれでも、

「床入りの後、処女《おぼこ》でなかったと分かったらどうするな」

「三浦屋の看板はその夜を限りに吉原から消えます」

「そなたはどうするな」

「仲之町の老桜に私の体がぶら下がることになりますな」

「よし、その言葉、忘れるな」

座敷からふたりの男の姿が消えた。

鈴虫の音に絡んで女の妙音が、浅草田町の辰造長屋から高く低く流れてきた。

その声に接した長吉は身を固くして、

「な、なんと……」

と呟いた。

礼次郎こと市助が長屋に女を連れて戻ってきたのは、後藤庄三郎が吉原の三浦屋にねじ込んだ翌日の深夜のことだ。

見張りをしていた幹次郎と長吉は狭い裏庭に身を潜めて、男と女の奏でる声を聞く羽目になった。

このことは市助が性的不能者でないことを示していた。となると幾松の身が汚されていないとは言い切れない。いや、市助の恨みを考えれば、幾松が処女でないと考えたほうが納得できた。

長吉の五体が憤激に包まれ、懐に隠し持っていた匕首を確かめると立ち上がろうとした。その袖を幹次郎が押さえて、女がいる、時を待てと言った。

声がふいに高鳴り、やんだ。すると男女の弾む息遣いが流れてきたあと、市助の声が聞こえた。

「小便に行ってくるぜ」

女が眠そうな声を上げた。

ふたりは裏庭から立ち上がった。

長屋の端にある厠で市助が鼻歌を低く歌いながら長々と小便をした。それがふいに止まった。

「だれでえ」

市助が片手を懐に突っ込んだまま振り向いた。厠に来るのに刃物を呑んでいるようだ。そのことが市助のこの十年の暮らしぶりを教えていた。

長吉がひとり、半間（約九十センチ）の間合で立っていた。

「会所の野郎かえ」

「市助」

「どうやらおれのことを突き止めたようだな」

「おめえの死に場所は雪隠《せっちん》と決まった」

「しゃらくせせえ！」

懐手を抜いた市助は肩から突進した。手に持った九寸五分《くすんごぶ》の刃が秋の月明かりに青く光った。

長吉も抜いた匕首を背に隠していた。

幹次郎はふたりの戦いを四、五間離れた横手から眺めていた。修羅場を潜った経験は市助が上だと思った。

咄嗟に幹次郎の手が小柄を抜き、気配も感じさせず下手投げに放った。

ふたつの九寸五分が絡み合う瞬間、市助の足がもつれた。

市助の切っ先が流れた。

直後、長吉の撥ね上げが相手の胸から首筋へと深々と斬り上げた。

「うぐっ」

と呻いた市助が前のめりに斃れ込んだ。

数瞬の沈黙のあと、長吉が大きな息を吐いて、幹次郎をゆっくりと振り返った。

「長吉どの、見事であった」

と褒めた幹次郎は、

「女をな、脅しつけて長屋から追い出すのじゃ。今宵、見聞きしたことは四郎兵衛様にも内緒だ。そなたとそれがしの終生の秘密じゃ、よいな」

と呟いた。

長吉が荒い息の下、言葉の意味を考えていたが、顔に喜色を浮かべると匕首を鞘に納め、長屋に向かった。

幹次郎は市助の足首に刺さった小柄を抜くと、大刀の鞘に戻した。

終章

三日後の夜、汀女が祝いの品を手に長屋に戻ってきた。出迎えた幹次郎は訊いた。

「幾松の水揚げは無事済んだか」

「済みましたとも。幾松様はまるで花嫁《はなよめ》御寮《ごりょう》、それはそれは美しゅうございましたぞ」

「後藤庄三郎様もさぞ満足であったろうな」

「それはもう……」

ふたりは思わず顔を見合わせて含み笑いをした。

(女は魔物じゃ、怖いな)

と幹次郎は肚の内で考えた。

(吉原というところはなんと恐ろしいところか)

汀女は思いながらも、幾松を処女に仕立てる役を自ら買った自分が不思議であった。

秋の夜の　新造の顔は　朱に染まり

「姉様、茶など淹れようか」

「幹どの、淹れてくれますか」

静かな対話が秋の虫に交じった。

二〇〇三年三月　光文社文庫刊
（二〇〇一年十月　ケイブンシャ文庫刊『逃亡』より改題）

光文社文庫

長編時代小説
流《りゅう》離《り》 吉原《よしわら》裏《うら》同《どう》心《しん》(1) 決定版
著者 佐《さ》伯《えき》泰《やす》英《ひで》

2022年4月20日 初版1刷発行

発行者 鈴木広和
印刷 萩原印刷
製本 ナショナル製本

発行所 株式会社 光文社
〒112-8011 東京都文京区音羽1-16-6
電話 (03)5395-8149 編集部
8116 書籍販売部
8125 業務部

© Yasuhide Saeki 2022
落丁本・乱丁本は業務部にご連絡くだされば、お取替えいたします。
ISBN978-4-334-79330-2 Printed in Japan

R <日本複製権センター委託出版物>
本書の無断複写複製（コピー）は著作権法上での例外を除き禁じられています。本書をコピーされる場合は、そのつど事前に、日本複製権センター（☎03-6809-1281、e-mail : jrrc_info@jrrc.or.jp）の許諾を得てください。

組版 萩原印刷

本書の電子化は私的使用に限り、著作権法上認められています。ただし代行業者等の第三者による電子データ化及び電子書籍化は、いかなる場合も認められておりません。

新たな冒険の物語が幕を開ける!

海への憧れ。幼なじみへの思い。
さあ、船を動かせ!

新《しん》酒《しゅ》番《ばん》船《ふね》

一冊読み切り、
若者たちが大活躍!

海次は十八歳。丹波杜氏である父に倣い、灘の酒蔵・樽屋の蔵人見習となったが、海次の興味は酒造りより、新酒を江戸に運ぶ新酒番船の勇壮な競争にあった。番船に密かに乗り込む海次だったが、その胸にはもうすぐ兄と結婚してしまう幼なじみ、小雪の面影が過っていた――。海を、未知の世界を見たい。若い海次と、それを見守る小雪、ふたりが歩み出す冒険の物語。

光文社文庫

王道にして新境地、佐伯泰英の新たなる傑作!

北山杉の里。たくましく生きる少女と、
それを見守る人々の、感動の物語!

出絞《でしぼ》と花かんざし

文庫書下ろし、
一冊読み切り

京北山《きょうきたやま》の北山杉の里・雲ケ畑《くもがはた》で、六歳のかえでは母を知らず、父の岩男《いわお》、犬のヤマと共に暮らしていた。従兄《いとこ》の萬吉《まんきち》に連れられ、京見峠《きょうみとうげ》へ遠出《とおで》したかえでは、ある人物と運命的な出会いを果たす。京に出たい――芽生えたその思いが、かえでの生き方を変えていく。母のこと、将来のことに悩みながら、道を切り拓《ひら》いていく少女を待つものとは。光あふれる、爽《さわ》やかな物語。

光文社文庫